Joseph Wiel

Abhandlung über die Krankheiten des Magens

Joseph Wiel

Abhandlung über die Krankheiten des Magens

1. Auflage | ISBN: 978-3-75250-998-4

Erscheinungsort: Frankfurt am Main, Deutschland

Erscheinungsjahr: 2020

Salzwasser Verlag GmbH, Deutschland.

Nachdruck des Originals von 1868.

Abhandlung

über die

KRANKHEITEN DES MAGENS.

———◦❊◦———

Von

Joseph Wiel,

Arzt in Constanz.

———◦❊◦———

Constanz.

Verlag von Ludwig Magg.

1868.

Vorrede

über die Entstehung dieser Abhandlung.

Während einer vierzehnjährigen Praxis habe ich hinreichend Gelegenheit gehabt, zu beobachten, dass die Krankheiten des Magens zu den häufigsten gehören. Es verstrich selten ein Tag, ohne dass ich nicht mit irgend einer Magenkrankheit zu schaffen bekam. Diess veranlasste mich schon im ersten Jahre der practischen Laufbahn, eine Sammlung von Notizen anzulegen über dasjenige, was mich die eigene Erfahrung lehrte. Der Umstand, dass ich selbst fast zwei Jahre lang an einem chronischen Catarrh des Magens litt, hat begreiflicher Weise mein Interesse für diese Sache nicht wenig gesteigert.

Zur Verhütung sowohl als zur Heilung der Krankheiten des Magens ist vor Allem die Aenderung einer fehlerhaften Lebensweise nöthig. Es genügt nicht, diess einem Kranken summarisch anzuempfehlen; man muss demselben eine möglichst gründliche, bis ins Detail gehende Anweisung geben. So oft ich einen Magenkranken in Behandlung hatte, musste ich bedauren, dass es Zeit und Umstände nicht gestatteten, demselben alle meine Ansichten über die Regeln der Diät in genügender Ausführlichkeit mündlich mitzutheilen. Ich kam desshalb auf den Gedanken meine Sammlung von Notizen über die Magenkrankheiten zu veröffentlichen und dabei die wichtigsten diätetischen Regeln in einer Art anzugeben, welche für den Laien verständlich ist.

Aber auch nur das Capitel über die Regeln der Diät will ich an den Laien gerichtet haben; alles Andere, so namentlich die Verwendung von Arzneistoffen muss er der ärztlichen

Entscheidung überlassen. In keiner Gattung von Krankheiten hat die laienmässige Verwendung von Arzneien soviel Schaden angerichtet, wie hier. — Dagegen gibt es für den Arzt kaum ein zweites Feld, auf welchem er ebenso segensreich wirken kann. Ich denke immer gerne an diesen Theil meiner ärztlichen Thätigkeit zurück. Nur Eins hatte ich bisweilen zu beklagen: Es kamen mitunter auch solche Kranke, denen es nicht allein am Magen fehlte, die unfähig waren zu begreifen, dass die Aenderung der Lebensweise nöthig sei; die glaubten, es sei Alles gethan, wenn die verordneten Arzneien vorschriftsmässig verschluckt wurden! Für die Widerwärtigkeiten, welche man mit solchen Patienten hat, entschädigen auf der anderen Seite die schönen Curerfolge, die man bei vernünftigen Patienten so häufig erringt, — in reichem Masse.

Constanz, 3. Mai 1868.

Wiel.

Uebersicht des Inhalts.

Erstes Capitel.

Zweites Capitel.

Drittes Capitel.

Viertes Capitel.

Fünftes Capitel.

Sechstes Capitel.

Erstes Capitel.

Vorbemerkungen.

1.

Von der Lage der Eingeweide im Allgemeinen wissen in der Regel die s. g. Gebildeten ungefähr ebensoviel wie die Wilden, d. h. sie wissen gewöhnlich auch nur, wo der Magen liegt. Es gibt Wenige, welche nicht schon einmal durch irgend ein Magenleiden über die Lage desselben eine empfindliche Belehrung empfangen haben.

Die innere Magenhaut hat mehr Kämpfe zu bestehen mit mechanischen, chemischen und allerhand Temperaturreizen, als die ganze Körperoberfläche. Das ist die kleinste Classe von Speisen und Getränken, welche die innere Magenhaut nicht stupft, zwickt, brennt oder friert. Die dessfallsigen unangenehmen Gefühle werden am meisten in der Magen- (vulgo Herz-) Grube empfunden, obwohl sich der Magen links bis zur Milz, rechts bis unter die Leber erstreckt. Die Herzgrube entspricht so ziemlich dem Magen-Ausgang (Pförtner, *pylorus*). Dieser ist aber gerade der Platz für die Magenkrankheiten; der Magen-Eingang (*cardia*) ist seltener der Sitz einer Krankheit, ebenso die weiteste Ausbuchtung des Magens *(fundus ventriculi)* welche unmittelbar auf die Cardia folgt.

Der Magen besteht aus drei Häuten: 1. die Schleimhaut, 2. Muskelfaserschichte und 3. der Bauchfell-Ueberzug. Da die innerste dieser 3 Häute, (die Magenschleimhaut) den Reizen der Speisen und Getränke am ehesten ausgesetzt ist, so sind auch deren Erkrankungen weitaus die häufigsten. Nur wenn dieselben lange dauern, werden auch die anderen Häute des Magens in Mitleidenschaft gezogen. Ganz wenige Magenkrankheiten ergreifen gleich anfangs alle drei Schichten.

Am Pförtner ist eine Klappe, welche bei gesundem Magen zeitweise den Ausgang zu verschliessen vermag. Diese Klappe spielt bei den Magenkrankheiten eine Hauptrolle. Beim chro-

1

nischen Catarrh kann dieselbe so erschlaffen, dass ihr Schluss unvollständig wird und beim Magenkrebs kann es vorkommen, dass der Pförtner in eine starre Masse verwandelt wird, durch welche ein beständig offen stehender meistens verengerter Canal hindurchgeht.

Die Laabdrüsen, welche den Magensaft absondern, sind am meisten bei den catarrhalischen Erkrankungen des Magens afficirt und in ihrer Function gehemmt, da ihre Ausführungsgänge durch die Schleimhaut gehen; ist nun diese geschwollen, so werden die Ausführungsgänge verengt oder gar ganz geschlossen. Dagegen sind die Magenbewegungen (*Motus peristalticus*) selbst bei den ausgedehntesten Catarrhen verhältnissmässig wenig beeinträchtigt; die Muskelfaserschichte, welche diese Bewegungen macht, ist ja dabei auch nur wenig oder gar nicht betheiligt. Bei der Gastritis,*) dem perforirenden Geschwür, dem Magenkrebs ist die Muskelfaserschichte ebenfalls betheiligt und hier kommt es vor, dass der Magen sich weniger bewegt und zugleich öfters beträchtlich ausgedehnt ist.

2.

Am Magen kommen folgende Arten von Krankheiten vor:

Da die innerste Haut eine Schleimhaut ist, so findet man vor Allem diejenigen Krankheiten, welche überhaupt auf Schleimhäuten vorkommen können, also namentlich den acuten Catarrh, den chronischen Catarrh und die catarrhalischen Schleimhautgeschwüre.

Die anderen Krankheiten, welche man noch am Magen findet, sind tiefer gehend und ergreifen meist sämmtliche Schichten des Magens; so die Gastritis, das perforirende Geschwür, der Magenkrebs.

Die Nervenkrankheiten überhaupt sind in neuerer Zeit durch die Fortschritte der Anatomie sehr decimirt worden. Man wollte bei den Magenkrankheiten die reine Cardialgie einmal ganz streichen. In dem betreffenden Capitel (51) wird ausführlicher gezeigt werden, dass man hiemit zu weit gegangen ist.

Die Verengerung des Magen-Ausgangs (*Pylorus-Stenose*) sowie die Magenerweiterung sind keine für sich bestehende Magenkrankheiten, sondern Folgezustände anderer, und werden desshalb nicht für sich, sondern bei den betreffenden Grundkrankheiten zu besprechen sein.

---

*) Da Manche unter Magencatarrh und Gastritis das Nemliche verstehen, so muss ich gleich beim Anfange schon auf das im 4. Capitel Gesagte hinweisen.

3.

Die Magenkrankheiten sind **enger mit einander verbunden als andere.** Es kommt ungemein häufig vor, dass
sich eine aus der anderen entwickelt oder dass sich zwei mit
einander combiniren.

Die einfachste für sich bestehende Magenkrankheit, welche
meistens in Folge eines Diätfehlers auftritt und gewöhnlich in
wenig Tagen von selbst wieder in vollständige Genesung übergeht, also gerade so verlauft wie der Catarrh der oberen Theile
der Athmungswege, ist **der acute Magencatarrh.**

Wenn sich der acute Magencatarrh öfters und kurz nach
einander wiederholt, dann behält die Magenschleimhaut zuletzt
gewisse krankhafte Veränderungen bei, auch verschiedene Störungen in der Verdauung werden bleibend und äussern nach und
nach sehr wichtige Folgen für das Allgemeinbefinden: es ist ein
chronischer Catarrh des Magens entstanden.

Bei längerem Bestehen **dieser Krankheit** kommt es immer
zur **Geschwürbildung auf der Magenschleimhaut.**
Die Geschwüre können entweder in ihren Eigenschaften ganz
übereinstimmen mit den gewöhnlichen catarrhalischen Geschwüren
der Schleimhäute, oder es entsteht ein Geschwür, welches eine
ganz eigenthümliche Figur, einen anderwärts gar keine Analogie
findenden Verlauf zeigt. Man gab diesem Geschwür drei Namen:
perforirendes Magengeschwür, weil es in der That manchmal die ganze Magenwand durchfrisst; von Anderen wurde es wegen
seiner Figur: **rundes** Magengeschwür, oder wegen seines langwie-
rigen Verlaufs auch: **chronisches** Geschwür des Magens genannt.

Die Ursachen der **Krebs**krankheiten sind meistens unbekannt;
so verhält es sich insbesondere auch beim Magenkrebs. Soviel
ist aber durch die Erfahrung constatirt, dass sehr oft ein chronischer Catarrh des Magens vorausging.

Man sieht also, dass die Magenkrankheiten oft auseinander
hervorgehen, so dass alle gleichsam als Stadien **Einer** Krankheit erscheinen:

Im August und September 1855 behandelte ich den K. in W.
Derselbe war damals 42 Jahre alt und litt am **chronischen Magencatarrh.** Er hatte schon früher öfters ärztliche Hilfe gesucht,
meist ohne sonderlichen Erfolg, weil er sich durchaus an keine strenge
Diät zu halten vermochte. Auch meine Behandlung hatte wenig Erfolg.
Nachher sah ich vier Jahre lang den K. nicht mehr. Im Dezember
1859 wurde ich wieder zu ihm gerufen. Eine beträchtliche, unten an
der Magengrube fühlbare, harte hökerige Geschwulst liess mich jetzt
die Diagnose auf **Magenkrebs** stellen. Kaum einen Monat später
wurde bei der Section diese Diagnose bestätigt.

Dieser Fall zeigt uns, wie dem Magenkrebs ein chronischer Catarrh vorangehen kann; in folgendem Falle sehen wir das gleiche Verhältniss zwischen dem chronischen Catarrh und dem perforirenden Geschwür:

Frau St. in E., 31 Jahre alt, wurde im Sommer 1854 längere Zeit von mir ärztlich behandelt. Sie litt damals an einem chronischen Catarrh des Magens, der wie gewöhnlich mit weissem Fluss complicirt war und sehr erkennbare Blutarmuth zur Folge hatte. Bei der Behandlung verminderten sich die Krankheitserscheinungen.

Ich sah nachher diese Frau 7 Jahre lang nicht mehr. Im September 1861 wurde ich eiligst gerufen, weil sich ein sehr heftiges Blutbrechen eingestellt hatte. Es war diess das erste Mal seit ihrem Unwohlsein; auch weiss sie sich nicht zu erinnern, dass jemals die Stuhlentleerungen auffallend schwarz gewesen seien. Die Kranke war äusserst abgemagert, und hatte wassersüchtig angeschwollene Füsse. Nach 2 Tagen starb sie. Bei der Section fand ich ein perforirendes Magengeschwür, welches in diesem Fall d e n Namen nicht umsonst gehabt hat.

Der Raum gestattete nicht diese Krankheitsgeschichten ausführlich mitzutheilen, es war auch nur die Absicht, zu zeigen, w i e d i e M a g e n k r a n k h e i t e n a u s e i n a n d e r h e r v o r g e h e n. D e r C a t a r r h m a c h t m e i s t e n s d e n A n f a n g, o h n e z u e r l ö s c h e n, w e n n s i c h a u c h b e r e i t s e i n e a n d e r e K r a n k h e i t e n t w i c k e l t h a t. Somit ist neben einem Geschwür, neben einem Krebs auch noch ein chronischer Catarrh vorhanden. Dass alle diese Magenkrankheiten, namentlich das perforirende Geschwür, oft M a g e n k r ä m p f e zur Folge haben, ist bekannt und es hat diess zur irrigen Ansicht geführt, dass es gar keine r e i n e Neuralgie des Magens gebe.

Nachdem nun gezeigt worden ist, dass die Magenkrankheiten enger mit einander zusammenhängen, als andere; dass die schwereren ähnlich dastehen wie spätere Stadien E i n e r Krankheit, wird es keiner Rechtfertigung mehr bedürfen, wenn in Nachfolgendem die Beschreibung der einzelnen Magenkrankheiten nicht aus einander gerissen, sondern — naturgemäss — im Zusammenhange zu geben versucht worden ist.

Zweites Capitel.

Verlauf der Magenkrankheiten.

1. Verdauungsfieber.

4.

Ein gesunder Magen verrichtet das Verdauungs-Geschäft immer ohne jegliche Störung im Allgemeinbefinden; es tritt sogar nach jeder normalen Sättigung ein gewisses Gefühl von Wohlbehagen ein. Die Annahme eines Verdauungs-Fiebers bei gesundem Magen ist somit nicht gerechtfertigt; wo immer Fieber oder Unbehaglichkeit nach einem normalen Essen auftritt, ist der Verdacht auf eine Erkrankung des Magens gerechtfertigt.

2. Der acute Magencatarrh.

5.

Der acute Catarrh des Magens verläuft gerade so, wie der allbekannte Catarrh der oberen Theile der Athmungswege, welchem man im gewöhnlichen Leben einfach den Namen «Catarrh» zu geben pflegt.

Der acute Catarrh des Magens wird bald durch Verkältung, bald durch Ueberladung des Magens erzeugt. Im ersten Falle hat er einen Schnupfen und einen Mundcatarrh mit Mandelanschwellung, im zweiten Falle einen überaus lästigen Kopfschmerz in der Stirngegend zum auffällendsten Symptome. Sonst ist der Verlauf dieser Krankheit immer so regelmässig, dass es am geeignetsten sein dürfte, geradezu eine casuistische Beschreibung zu geben.

6.

Cas. I. Fall von acutem Magencatarrh, welcher besonders ausgezeichnet ist durch die Fortpflanzung des Catarrh's nach aufwärts auf die Schleimhaut des Rachens. *(Angina gastrica)* und der Nase (*„Schnupfen"*). Dabei ist der Kopf zwar eingenommen, aber doch der lästige Kopfschmerz nicht vorhanden, wie bei der andern Art der Krankheit. Ursache: Vorkältung des Magens.

Am 19. März 18 . . wurde nach dem gewöhnlichen Mittagstisch Gefrorenes gegessen und starker Wein, der gerade aus dem Keller kam und noch sehr kalt war, dazu getrunken.

Schon gegen Abend zeigte sich ein Gefühl von Schwere im Magen. Schlechter Schlaf. Gegen Morgen starke Schweisse.

20. März. Eingenommener Kopf ohne eigentlichen Kopfschmerz. Schläfrigkeit. Aufstossen. Belegte Zunge. Fieber. Ansammlung von viel zähem Schleim im Rachen, was fortwährend zum Husten reizt. Anschwellung beider Mandeln und Röthung der Rachenschleimhaut.' Stuhl angehalten, dagegen beständig Aufstossen.

21. März. Zu den alten lästigen Erscheinungen kam heute Nacht noch ein Schnupfen. Urin erstmals sehr dunkel gefärbt.

22. März. Letzte Nacht etwas besser geschlafen. Morgens immer starke Schweisse. Urin dunkel. Vormittags eine Stuhlentleerung, welcher viel Schleim beigemengt ist, sehr zähe und ungewöhnlich übel riechend. Nachher verschwanden alle die lästigen Symptome des Magen-, Rachen- und Nasen-Catarrh's rasch nacheinander.

7.

Cas. II. Fall von acutem Magencatarrh mit bedeutendem Kopfschmerz in der Stirngegend; — hervorgerufen durch den Genuss einer schwerverdaulichen schädlichen Substanz.

Am 6. März 18 . . wurde Nachmittags eine starke Portion Käse (feinen Rocefort) verzehrt. In der kommenden Nacht war der Schlaf sehr unruhig, fort und fort widerliche Träume. Eingenommener Kopf. Gegen Morgen starke Schweisse über den ganzen Körper.

7. März. Grosse Mattigkeit. Fieber. Belegte Zunge. Appetitmangel. Mundcatarrh (häufiges Ausspucken von wässrigem Schleim). Keine Mandelanschwellung. Kein Schnupfen. Gegen 9 Uhr Vormittags entwickelte sich ein Kopfschmerz über der Stirne, der kaum zum Aushalten war. — Kopf heiss. Füsse kalt. Stuhl angehalten. Druck auf die Magengegend nicht besonders schmerzhaft; dagegen s. g. Magendrücken, d. h. ein Gefühl von Ueberfüllung des Magens.

8. März. Dieselben Erscheinungen, namentlich dauert das Magendrücken fort, trotz vollständigem Fasten. Druck auf die Magengegend schmerzhafter als gestern. — Kein Appetit, desto mehr Durst. — Auf jeden Schluck Wasser verlor sich das Sodbrennen auf einige Zeit. — Gegen Mittag entwickelten sich Hitzblätterchen an den Lippen. (*Herpes facialis*). Abends Blähungen mit Leibschneiden, aber keine Stuhlentleerung. Diese erfolgte erst in der Nacht, war sehr zähe, schleimig und sehr übelriechend. — Urin dunkel; Quantität desselben gross. — Nachher ruhiger Schlaf. — Starke Schweisse.

9. März. Morgens vollkommen frei von allen Beschwerden des Magencatarrh's; nur konnte es noch keinen Druck auf die Magengegend leiden; Tags darauf vollkommenes Wohlsein.

8.

Cas. III. Fall von acutem Magencatarrh, welcher den Uebergang zum chronischen darstellt. Er ist durch Wiederholung der Diätfehler mehr in die Länge gezogen, sowohl mit dem Kopfschmerz als mit dem Schnupfen verbunden und wird nicht durch Einen critischen Stuhl beschlossen, sondern durch eine mehrere Tage anhaltende Diarrhoe in Folge der Fortpflanzung des Catarrh's vom Magen auf den Darmcanal.

9. Sept. 18 . . Am Mittag reichliche Mahlzeit. Abends wurde etwas Käse gegessen und ziemlich viel sehr frisches Bier getrunken. Schon iu der Nacht stellte sich Schnupfen ein. Schlaf unruhig. Morgenschweisse.

10. Sept. Morgens. Kopf eingenommen. Mattigkeit. Fieber. Zunge belegt. Abneigung gegen alle Speisen. Durst. Brechneigung.

Gegen Abend heftiger Kopfschmerz in der Stirngegend. Einmaliges Erbrechen von halbverdauten in zähen Schleim eingehüllten Speiseresten. — Stuhl angehalten. — Nacht schlaflos. Unaufhörliches Räuspern und Husten. (*Angina faucium*). Magendrücken. Aufblähen des Magens. Aufstossen.

11. Sept. Der gleiche Befund. Kein Erbrechen mehr, dagegen saures Aufstossen. An den Lippen brennende Hitzblätterchen. (*Herpes facialis.*)

Abends. Alle Erscheinungen heftiger, namentlich der Kopfschmerz ganz unerträglich. Kein Stuhl. — Schlaf schlecht, immer Träume. Morgenschweisse.

12. Sept. Schon Morgens waren die Symptome erträglicher und es stellte sich etwas Appetit ein.

Mittags. Abgang von sehr übel riechenden Blähungen. Nachher verschwand das Kopfweh rasch.

Gegen Abend stellte sich das Verlangen nach einer recht piquanten Speise ein und es wurde desshalb eine starke Portion Caviar verzehrt. Darauf grosser Durst, welcher allzugründlich mit Bier gelöscht wurde.

Schon nach einer halben Stunde trat wieder Kopfschmerz, Schnupfen, Schleimansammlung im Rachen und Magendrücken mit saurem Aufstossen ein. Nacht wie die vorhergehende.

13. Sept. Wieder ganz die nemliche Geschichte, wie am 11ten. Mittags trat Poltern im Gedärm mit Leibschneiden auf. Nachher Abgang von übelriechenden Blähungen. Magengegend für Druck sehr empfindlich.

Nachmittags. Starkes Jucken am ganzen Körper. Ausbruch einer Nesselsucht. (*Urticaria gastrica*).

14. Sept. Die Nacht ist erträglicher gewesen, nur durch das Jucken der Nesselsucht wurde der Schlaf häufig unterbrochen.

Mittags. Nach starkem Leibschneiden einen diarrhoischen Stuhl. Im Verlaufe des Nachmittags folgten dann noch mehrere Entleerungen, worauf gegen Abend Kopfschmerz, Schnupfen, Magendrücken, Nesselsucht verschwanden.

15. Sept. Nachts guter Schlaf. Morgenschweisse. Morgens eine diarrhoische Stuhlentleerung. Ausser einem leichten Schnupfen alle Beschwerden weg. An der Zunge verschwand gegen Abend der Beleg vollkommen, es stellte sich Appetit ein und damit war die Krankheit beendigt.

9.

Der Raum gestattete nicht, vollständige Krankengeschichten zu liefern; nur diejenigen Symptome, welche bei der fraglichen Krankheit ganz besonders beachtenswerth sind, konnten erwähnt werden. — Man sieht beim I. und II. Fall, wie der acute Magencatarrh nie länger als 3 Tage dauert, wenn sachgemässe Diät beobachtet, d. h. nie Viel auf einmal dagegen öfters als es gebräuchlich und mit sachgemässer Auswahl gegessen wird. (97).

Hält aber der Kranke die Diät nicht ein, lässt er sich vielmehr den ziemlich gebräuchlichen Rath geben, durch eine recht piquante Speise «den mangelnden Appetit zu reizen», dann zieht sich die Sache in die Länge, wie wir oben im Cas. III. gesehen haben; auch springt dann der Catarrh vom Magen auf den Darmcanal über, es entsteht Diarrhoe, welche nun, wenn jetzt eine strengere Diät beobachtet wird, die Krankheit beschliesst.

3. Der chronische Catarrh des Magens.

10.

Der chronische Catarrh des Magens ist die wichtigste von den Magenkrankheiten, nicht allein wegen seines häufigen Vorkommens, sondern wegen den Folgen, die im Verlaufe der Zeit in allen Theilen des Allgemeinbefindens auf die verderblichste Weise sich offenbaren.

Man findet diese Krankheit bald isolirt, bald als Complication anderer Magenkrankheiten, z. B. des Krebses, des perforirenden Geschwürs. (vide 3).

11.

Wenn wir die Entstehungsweise des chronischen Magencatarrh's untersuchen, so finden wir, dass sich derselbe auf zwei verschiedene Arten entwickeln kann: er kann hervorgehen aus einer i n n e r e n Ursache, kann im Zusammenhange stehen mit irgend einer anderen Gesundheitsstörung — oder aber er entwickelt sich aus einem durch äussere Ursachen hervorgerufenen acuten Catarrh. Rührt der Magencatarrh von einer chronischen Blutüberfüllung der Magenschleimhaut her, welche durch eine Hemmung in der Cirkulation erzeugt ist, wie diess bei verschiedenen Leber-, Herz- und Lungenkrankheiten vorkommt, — dann ist er, wie seine Ursache, schon ursprünglich chronisch. Der chronische Magencatarrh, welcher durch äussere Ursachen hervorgerufen wurde, ist nichts Anderes, als eine öftere Wiederholung des acuten, so dass nach und nach die Erscheinungen des letzteren einen bleibenden Charakter annehmen.

12.

Beim chronischen Magencatarrh beobachtet man vor Allem alle jene Symptome, welche auch beim acuten vorkommen. Auf jeden neuen Diätfehler treten aber beim chronischen Catarrh diese Symptome mit viel grösserer Heftigkeit auf und verschwinden längere Zeit nicht mehr. Die pathologisch-anatomischen Veränderungen auf der Magenschleimhaut werden bleibende und bedingen gewisse locale und allgemeine Störungen in der Verdauung, in der Ernährung und im Allgemeinbefinden, welche ebenfalls nie mehr verschwinden, sondern höchstens manchmal Remissionen haben, bis endlich die Krankheit nach oft jahrelanger Dauer in Genesung, oder aber in eine andere Magenkrankheit (Geschwür oder Krebs) übergeht.

13.

Die Symptome dieser Krankheit sind äusserst zahlreich und äusserst unbeständig. In manchen Fällen treten einige davon gar nie deutlich auf, mag die Krankheit dauern so lange sie will; in andern Fällen zeigt e i n Symptom sich in einer so evidenten Weise, dass man dasselbe für die Krankheit selbst ansah. So wird es also schwer oder nahezu unmöglich, ein Gesammtbild der Krankheit zu geben und man ist gar häufig genöthigt, den Verlauf der Krankheit durch längere Zeit zu beobachten, bevor man sich zu einem bestimmten diagnostischen Ausspruch befähigt fühlt.

Da nun die Symptome so mannigfaltig sind, so wollen wir dieselben in Gruppen zusammenstellen, damit sie leichter zu übersehen sind. Wir finden:

    a. Symptome am und im Munde;

    b. Symptome vom Magen ausgehend;

    c. Symptome aus dem Darmcanal; und

    d. Symptome im Allgemeinbefinden.

a. Symptome am und im Munde.

14.

Von den Symptomen am und im Munde fallen uns am meisten auf: der secundäre Mundcatarrh, die Hitzblätterchen an den Lippen, *(Herpes febrilis)* die Zahncaries mit dem Zahnweh, der Zungenbeleg, der mangelhafte Geschmack.

15.

Jeder Magencatarrh ist verbunden mit einem Mundcatarrh, aber nicht umgekehrt. Daher rührt das häufige Ausspucken, das man bei diesen Kranken beobachtet. Dieser Mundcatarrh ist nichts Anderes als ein Ausläufer des Catarrh's im Magen. Die Speicheldrüsen sind ebenfalls in Mitleidenschaft gezogen, die Secretion derselben ist vermehrt und alterirt; und gar nicht selten entstehen beträchtliche Anschwellungen der Parotis, welche in der Regel, ohne alles Zuthun, sich wieder zertheilen.

16.

Die Lippen sind zur Zeit eines solchen Mundcatarrh's immer schrundig, namentlich in den Mundwinkeln; woselbst sich sehr gewöhnlich weissliche Krusten ansetzen. Die Schleimhaut des Mundes, vom Lippenrande angefangen bis rückwärts, soweit man sehen kann, bedeckt sich mit einem leichten weisslichen Anflug. Aehnliches kann man bei Gesunden nach dem Genusse einer stark sauren Speise (z. B. Essiggurken) beobachten. Diesen Anflug sieht man namentlich deutlich zu der Zeit, wo im Magen Uebersäurung besteht.

17.

Die Zunge ist in der Regel ein Spiegel, durch welchen man Vieles errathen kann, was im Magen vorgeht. Beim chronischen Catarrh des Magens ist es eine Seltenheit, wenn man die Zunge ohne Beleg findet. Dieser wechselt höchstens in seiner Dicke. Der Beleg ist regelmässig vorne auf der Zunge am dünnsten; je weiter nach rückwärts desto weisser ist die Zunge und am Grunde zeigt sich ein Stich in's Gelbliche. Die Ränder der Zunge haben scharf abgegrenzte weissliche mit Schaum-Bläschen überzogene Streifen, welche nach rückwärts an Breite zunehmen. Manchmal sind die Zungenwärzchen deutlich geschwellt und nicht selten ist die Zunge mit tiefen schrundenartigen Furchen durchzogen. In dieser Krankheit sieht man nie die Zunge trocken.

18.

Dass unter diesen Umständen der Geschmack mangelhaft und alterirt ist, bedarf keiner weiteren Begründung.

Solche Kranke haben oft s. g. Gelüste und zwar nach recht piquanten nachtheiligen Dingen, und die Gewohnheit alle Augenblicke wieder etwas davon zu essen, bevor noch das Alte verdaut ist. Selbst dann, wenn bereits Magendrücken vorhanden, ist ihr Gaumen noch nicht zufrieden.

19.

Meistens am Lippenrande, ausnahmsweise aber auch noch an anderen Stellen des Gesichts tritt oft plötzlich ein Hautausschlag auf — als Zeichen einer Exacerbation der Magenkrankheit, insbesondere jener Exacerbation, welche mit einer übermässigen Säurebildung verbunden ist. Es sind kleine stark brennende Bläschen, welche früher *Hydroa consensuale* genannt worden sind. *Hebra* hat ihnen den jetzt allgemein gangbaren Namen *Herpes facialis s. labialis* gegeben. (Virchow Pathologie. Bd. III. Seite 250).

20.

Ist durch irgend eine Schädlichkeit ein acuter Magencatarrh hervorgerufen oder ein bereits vorhandener chronischer Catarrh des Magens verschlimmert worden, dann kann man bestimmt darauf rechnen, dass etwa vorhandene cariöse Zähne unruhig werden. Es ist also das bei dieser Krankheit so häufig vorkommende Zahnweh leicht zu erklären. Offenbar wird diese Rebellion der cariösen Zähne hervorgerufen durch die Producte des den chronischen Magencatarrh regelmässig begleitenden Mundcatarrh's.

b. Symptome im Magen selbst.

21.

Wenn Magenkranke nicht ganz kleine Mahlzeiten halten, so geht das zuviel Genossene alsbald Zersetzungen im Magen ein. Zur Orientirung über den chemischen Vorgang dieser Zersetzungen wird das sub. 77 u. 86 Gesagte vorher zu lesen sein. Von den Zersetzungsproducten der Eiweisskörper macht sich zuerst der Schwefelwasserstoff bemerkbar. Solche Kranke haben einen äusserst widerlichen Geruch aus dem Munde.

Ich fand diess auf dem Lande ungleich seltener als in den Städten. In den Städten isst man mehr Fleisch und überhaupt solche Speisen, welche Eiweisskörper enthalten. Auf dem Lande sind Mehlspeisen und Kartoffeln die Hauptnahrungsmittel. Aus diesen entstehen, wie später (86) gezeigt werden wird, andere Zersetzungsproducte als der Schwefelwasserstoff.

Die Entleerung dieses Gases nach oben ist am stärksten einige Stunden nach dem Mittagsessen. Man trifft oft Kranke, welche dann einen so üblen Geruch aus dem Munde verbreiten, dass es für ihre Umgebung kaum zum Aushalten ist. Die Zersetzungsproducte finden später den Weg nach abwärts. Die abgehenden Blähungen, sowie die Stühle bekommen davon ebenfalls einen ungewöhnlich üblen Geruch. — Stirbt ein solcher Kranker an dieser oder an einer anderen intercurrirenden Krankheit, dann findet man bei der Section nicht erst vom Blinddarm an den bekannten *faeces*-Geruch, sondern schon viel weiter oben, ja sogar schon im Magen.

22.

Bestand die im Uebermass genossene Nahrung aber aus Mehlspeisen, welche also vorzugsweise Kohlenhydrate enthalten, dann entstehen andere Zersetzungsproducte, als die eben berührten; es entstehen namentlich Milch- und Buttersäure, und wir kommen hiemit zu einer der häufigsten und wichtigsten Erscheinung des Magencatarrh's, an die Uebersäurung des Magens, welche oft als ein selbstständiges Leiden unter dem Namen *Pyrosis* aufgefasst wird und unter dem volksthümlichen Namen Sodbrennen allbekannt ist.

Wenn Speisen genossen werden, welche Kohlenhydrate sind oder enthalten und in Folge dessen in Säure übergehen können, dann ist eine Uebersäurung des Magens leicht zu erklären.

Diese kommt aber auch vor — und zwar gar nicht so selten — ohne dass von Aussen das Material zur Säurebildung geliefert wird. Für diese Entstehung der Uebersäurung des Magens hat man noch keine genügende Erklärung. Die Art der Secretion der gewöhnlichen Magensäure (Salzsäure) ist noch ganz unbekannt, man weiss nur, dass sie von den Laabdrüsen zugleich mit dem Pepsin secernirt und gleich nachher auf die freie Fläche der Magenschleimhaut ergossen wird. Ist der Magen leer, dann steht diese Secretion ganz stille. Es ist wahrscheinlich, dass bei einer Entzündung der Magenschleimhaut von Zeit zu Zeit ein solcher Reiz auf die Laabdrüsen ausgeübt wird, dass diese Drüsen zur vermehrten Secretion angespornt werden.

23.

Es handelt sich nun weiter um die Schilderung der Folgen einer übermässigen Säurebildung im Magen. Bekanntlich verdaut das Pepsin nicht ohne Säure, die Säure nicht ohne Pepsin. Die Säure quillt die Eiweisskörper auf und macht sie dadurch tauglich zu der Umwandlung durch das Pepsin. Die Milchsäure, welche sich in zweiter Reihe aus den genossenen Kohlenhydraten gebildet hat, kann die ursprüngliche Säure des Magens (Salzsäure) substituiren und wäre also eher nützlich als schädlich, wenn sie nicht regelmässig in viel zu grosser Menge vorkäme, so oft sie überhaupt entsteht. Sie ist dann als ein äusserst nachtheiliger fremder Körper im Magen zu betrachten.

Die lästigen Gefühle der Uebersäurung des Magens, das Sodbrennen, sind allbekannt. Viele Kranke geben an, sie haben ein Gefühl, wie wenn der Hals zusammengeschnürt würde, oder «wie wenn eine Kugel vom Magen in den Hals hinauf gestiegen und dort stecken geblieben wäre». Das Gefühl dauert so lange an, bis ein «Glukser» erfolgt ist. Auf einen jeden Schluck frischen Wassers verschwindet es regelmässig auf kurze Zeit.

Dazu kommt allgemach saures Aufstossen, manchmal kommt auch «saures Wasser» in den Mund und oft wird eine grosse Menge davon ohne eigentliches Würgen ausgespieen.

Vorher quält den Kranken ein brennender Schmerz in der Magengrube, welcher regelmässig in den Rücken ausstrahlt und an derjenigen Stelle des Rückgrat's sich fixirt, welche die gleiche Höhe hat, wie die Magengrube.

Bei der Uebersäurung des Magens erreicht die Gemüthsverstimmung, welche überhaupt bei dem chronischen Magencatarrh gewöhnlich vorkommt, den höchsten Grad.

Eigenthümlich ist auch die Schlaflosigkeit, welche constant die Uebersäurung des Magens begleitet. Erst gegen Morgen finden diese Kranken etwas Schlaf, der aber sehr unruhig ist und wo sich Träume an Träume reihen.

Selbst den Tag über müssen die Kranken oft gähnen; die meisten haben den s. g. Glukser.

Die Versäurung des Magens wird bei längerem Bestehen nicht allein durch die eben genannten Erscheinungen, namentlich durch das saure Aufstossen, ausser Zweifel gesetzt, sondern es bekommen später auch die Stuhlentleerungen und die abgehenden Blähungen einen sauren Geruch. Normaliter nimmt sonst die saure Reaction des Darminhalts ab, je weiter er nach abwärts rückt. Der Inhalt des Krummdarms ist schon neutral, im Dickdarm ist die Reaction alkalisch. Bei der Uebersäurung des Magens aber reagirt zuletzt der Inhalt des Darmcanals sauer von A bis Z. —

24.

Die Schmerzen, welche bei dem chronischen Magencatarrh empfunden werden, haben den Character eines Drucks; sie sind nicht reissend oder bohrend, wie beim Geschwür oder beim Krebs; es ist ein Gefühl «wie wenn der Magen beständig überfüllt wäre». Im gewöhnlichen Leben wird es Magendrücken genannt. Wir werden im Capitel von den Unterscheidungsmerkmalen der einzelnen Magenkrankheiten noch einmal von diesem

«Magendrücken» zu sprechen haben, da in der That die Qualität der Schmerzempfindung manchmal einen werthvollen Anhaltspunct gibt für die Ermittlung der Art der Magenkrankheit. (52). — Beim chronischen Magencatarrh ist ein Druck auf das Epigastrum entweder gar nicht oder nur wenig schmerzhaft: was beim Geschwür oder beim Krebs sich anders verhält.

25.

Eine weitere Erscheinung, welche beim chronischen Magencatarrh bisweilen auftritt, ist das Aufblähen des Magens. Es kann so stark sein, dass die Magengrube nicht nur geebnet, sondern sogar durch eine Hervorwölbung ersetzt wird. Dieses Aufblähen des Magens rührt her von einer übermässigen Gasentwicklung. Die Gase können sein: Kohlensäure oder Schwefelwasserstoff. Ist vorzugsweise eine an Kohlenhydraten reiche Nahrung genossen worden, dann konnte sich ein Theil des aus dem Amylum entstandenen Traubenzucker's in Milch- beziehungsweise in Buttersäure umwandeln, wobei kohlensaures und Sauerstoff-Gas in reichlichem Maasse frei werden. War die Nahrung dagegen vorwaltend Eiweisskörper, dann entwickelte sich Schwefelwasserstoffgas. Die zwei Gase, welche also gewöhnlich die Ausdehnung des Magens bewirken, sind bald die Kohlensäure, bald das Schwefelwasserstoffgas. Die anderen Gase, welche zufällig im Magen vorkommen können, nemlich das Sauerstoff- und das Stickstoff-Gas, erreichen nie eine solche Menge, dass sie einen Einfluss auf das Volumen des Magens zu üben vermögen.

26.

Bei dem Aufblähen des Magens, sei es durch Kohlensäure, oder sei es durch Schwefelwasserstoff, findet von Zeit zu Zeit ein Oeffnen des Magen-Eingangs statt, wobei die Gase nach aufwärts entweichen. Das Schwefelwasserstoffgas zeigt hiebei ein eigenthümliches Verhalten: Jener Schwefelwasserstoff, welcher sich bei den Zersetzungen der Eiweisskörper im Magen bildet, wird gewöhnlich nach oben entleert. (Siehe 21). Der Schwefelwasserstoff dagegen, welcher von Aussen aufgenommen wird, wandert häufiger nach abwärts. Man kann diess namentlich bei dem Gebrauche der Schwefelwässer beobachten. Da gibt es Gelegenheit zu sehen, wie Curgäste, welche oft ganz enorme Mengen von schwefelwasserstoffhaltigen Mineralwässern in einem verhältnissmässig sehr kurzen Zeitraume trinken, trotzdem niemals ein Aufstossen mit Schwefelwasserstoff bekommen. Alles tendirt nach abwärts.

27.

Eine weitere sehr häufig vorkommende Erscheinung bei dieser Krankheit ist das Erbrechen. Dieses kommt aber auch bei den anderen Magenkrankheiten häufig vor. Nur aus der Beschaffenheit des Erbrochenen kann man einen Anhaltspunct bekommen für die Erkenntniss der Krankheit. Es ist im Capitel über die Differenzialdiagnose hierauf weiter eingegangen. (52). — Dem Erbrechen geht ein kratzendes Gefühl im Halse voraus und es sammelt sich vorher viel Schleim im Rachen, welcher beständig zum Räuspern und Husten reizt bis endlich das Erbrechen kommt.

Beim acuten Magencatarrh tritt das Erbrechen, wenn es überhaupt kommt, bald nach dem Diätfehler ein; ein Magen dagegen, welcher schon längere Zeit krank ist, reagirt nicht so schnell auf einen schädlichen fremden Körper. Hier bleiben diese vielmehr liegen und gehen Zersetzungen ein, welche in der Regel nicht erbrochen werden, sondern den Weg nach abwärts unter allerhand Beschwerden im Gedärm einschlagen. Nur jene Zersetzungen, welche sich durch Uebersäurung des Magens kund geben, veranlassen häufig Erbrechen.

28.

Beim chronischen Magencatarrh tritt manchmal ein Erbrechen ein, ohne alle äussere Veranlassung, ohne dass schädliche Substanzen von aussen aufgenommen wurden. Bei vielen Catarrhen kommt es bekanntlich oft zu einer excessiven Schleimsecretion. Wie bei der s. g. Bronchoblennorrhoe die Schleimhaut der Bronchien eine grosse Menge von Schleim absondert, so gibt es einen Vorgang auf der Magenschleimhaut. Diess gibt Veranlassung zu derjenigen Art von Schleim-Erbrechen, welche solche Kranke regelmässig am Morgen früh plagt und Veranlassung zu dem Ausdruck «Schleimfieber» gegeben hat. In diesen erbrochenen zähen klebrigen Schleimmassen findet man noch halbverdaute Speisereste, Buttersäure und manchmal eine microscopische Pflanze, die *sarcina ventriculi*. Ihre Entstehung rührt von den Zersetzungsproducten des Mageninhalts her.

Wenn sich diese Pflanze überhaupt vorfindet, so ist diess immer in einer ausserordentlichen Menge der Fall.

29.

Da die Brechaction, wenn sie einmal angefacht ist, nicht so leicht wieder von selbst aufhört, auch dann nicht, wenn der Magen bereits leer geworden, so muss zuletzt der Inhalt des Zwölffingerdarms mit Galle folgen. Diese Erscheinung ist Ursache an der Benennung: «Gallenfieber».

So lange wird aber beim chronischen Catarrh des Magens die Brechaction nie anhalten, dass das Erbrochene aus noch tieferen Theilen des Verdauungsrohrs heraufkommt, dass es den Kothgeruch hat. So etwas kann nur bei einer Darmverengerung oder Darmverschliessung vorkommen.

30.

Nach jedem Erbrechen, mag es durch eine Ueberladung des Magens oder durch ein Brechmittel hervorgerufen worden, oder spontan entstanden sein, kommt ein Gefühl von Erleichterung aber auch von Mattigkeit. Letztere ist jedoch weit beträchtlicher und nachhaltiger, wenn die Entleerung schädlicher Contenta des Verdauungsrohrs nach unten stattgefunden hat. Dieser Umstand ist bei der Frage, ob man zur Entfernung schädlicher Stoffe ein Brechmittel oder ein Abführmittel nehmen soll, wohl zu erwägen.

31.

Die Verengerung des Magenausgang's *(Stenose des Pylorus)* wird vielfältig als ein Folgezustand des chronischen Magencatarrh's, welcher schon Jahr und Tag bestund, bezeichnet und als Ursache der Erweiterung des Magens hingestellt. Es kann die catarrhalische Schwellung der Schleimhaut niemals so beträchtlich werden, dass dadurch eine Pylorus-Stenose im wahren Sinne des Wortes bewirkt wird; eine solche Verengerung kann nur durch ein Gewächs (Krebs) erzeugt werden. Da dieser allerdings gewöhnlich am Magenausgang sich entwickelt, so ist die Stenose des Pylorus keine so grosse Seltenheit und kann oft eine beträchtliche leicht zu erkennende Magenerweiterung zur Folge haben.

32.

Die Magenerweiterung kann also entstehen, wenn die Entleerung des Magens in Folge einer Verengerung des Magenausgangs erschwert ist. Das Zurückgebliebene geht Zersetzungen ein, von denen namentlich die Gase zur Ausdehnung des Magens beitragen. Aber auch die mangelhafte Resistenz der Magenhäute kann Ursache sein an einer Magenerweiterung. Wenn die Magenschleimhaut Jahr und Tag krank ist, dann werden zuletzt auch die anderen Schichten des Magens in der Weise afficirt, dass sie sich durch den Mageninhalt leichter ausdehnen lassen. Es kann auf diese Weise also auch eine Magenerweiterung ohne Verengerung des Magenausganges entstehen.

c. Fortpflanzung des Catarrh's vom Magen auf den Darmcanal.

33.

Es dauert in der Regel nicht lange, bis die Störungen im Magen, welche der chronische Catarrh dort anrichtet, ihre Folgen auch auf die nächstfolgenden Partieen des Verdauungscanals äussern. Die Zersetzungsproducte (21) wandern eben weiter und ihr Reiz ist Ursache an der Fortpflanzung des Catarrh's auf den Darmcanal. Aber auch die Zersetzung der Speisereste macht im Darmcanal noch weitere Fortschritte und von den Zersetzungsproducten sind es die Gasarten, welche manchmal eine fortschleichende Auftreibung des Gedärms (die s. g. Windsucht) bewirken, während die anderen Zersetzungsproducte die Schleimhaut reizen und dort Catarrhe hervorrufen. Die verstärkte Secretion auf der Darmschleimhaut, welche dem Catarrh eigen ist, bewirkt eine Verflüssigung des Darminhalts. So entsteht die Diarrhoe, welche sich öfters beim chronischen Magencatarrh einstellt, ohne dass von Aussen eine Veranlassung dazu gegeben wurde.

34.

Beim chronischen Catarrh des Magens sind die Stuhlentleerungen wegen der soeben erwähnten secundären Affection des Darmcanals selten regelmässig. Bald ist Leibschneiden mit Diarrhoe vorhanden, bald ist wieder der Stuhl mehrere Tage angehalten. Es kommt auch öfters vor, dass bei einer Stuhlentleerung das zuerst Abgehende harte Massen sind, worauf dann förmlich diarrhoische Entleerungen folgen. Dieser Fall tritt ein, wenn der Stuhl einige Tage angehalten war und sich im oberen Theile des Darmcanals eine vermehrte Secretion eingestellt hatte.

35.

Manchmal pflanzt sich der Catarrh vom Zwölffingerdarm auch auf die Gallenwege fort. Da diess enge Canälchen sind, so kann eine catarrhalische Schwellung ihrer Schleimhaut leicht eine vollkommene Unwegsamkeit hervorbringen; der Abfluss der Galle unterbleibt und es entwickelt sich diejenige Art von Gelbsucht, welche unter dem Namen *Icterus catarrhalis* bekannt ist. —

d. Störungen im Allgemeinbefinden.

36.

Bei jeder Magenkrankheit kommen von Zeit zu Zeit Fieber vor. Es gibt Fälle von Magencatarrh, bei welchen das Fieber so heftig wird, dass es unter allen Symptomen der Krankheit am meisten in die Augen fällt. Diess war die Veranlassung, dass man die Krankheit früher «gastrisches Fieber» nannte. — Dieses Fieber hat das Eigenthümliche, dass das Kältestadium immer länger dauert als sonst. Der Frost wird oft so stark, dass die Kranken selbst noch im warmen Bette geschüttelt werden, wie bei einem Wechselfieber.

Solche Fieber-Bewegungen kommen hauptsächlich beim acuten Catarrh des Magens vor. Beim chronischen Catarrh sind die Fieber nie so stürmisch, dagegen halten sie länger an; solche Kranke frösteln immer und bekommen andererseits gar leicht locale Schweisse.

37.

Dass bei einer solchen Störung in der Verdauung der Kranke mager wird, ist leicht begreiflich. Die Abmagerung ist bei dem chronischen Catarrh des Magens viel beträchtlicher als bei dem sonst gefährlicheren Magenleiden, dem perforirenden Geschwür. Es rührt diess davon her, dass beim Geschwür die Fläche der Erkrankung eine kleinere ist, während die übrige Partie der Schleimhaut gesund bleibt und ihre Verdauungsthätigkeit regelmässig fort versieht. Beim chronischen Catarrh ist immer eine grosse Fläche krank und dienstunfähig. Es kommt zwar beim Geschwür immer auch ein chronischer Catarrh vor, allein es ist dieser nur auf die nächste Umgebung des Geschwürs beschränkt. Nur der für sich bestehende chronische Catarrh dehnt sich gerne nach allen Richtungen aus.

38.

In dieser Krankheit wird immer ein sehr dunkler Harn entleert, der manchmal so braungelb aussieht, wie bei der Gelbsucht. Ferner stösst man bei der Harnanalyse immer auf beträchtliche Mengen von Harnsäure und Oxalsäure. Diess steht im Zusammenhang mit der so häufig vorkommenden Uebersäurung der ersten Wege.

39.

Alle diese Kranken leiden viel an localen und allgemeinen Schweissen. Wie die bekannten Zehrschweisse der Schwindsüchtigen treten auch diese Schweisse in der Regel recht stark gegen Morgen ein und zwar namentlich zu der Zeit, wo im Magen Uebersäurung besteht. Gewohnheitstrinker, welche trotz ihres chronischen Magencatarrh's sich von der «Bier-Gesellschaft», in der sie schon seit Jahren regelmässig die Abende zu verleben gewohnt sind, nicht zurückziehen können, klagen besonders über starke Morgenschweisse. Tritt eine Besserung in der Krankheit ein, so verschwinden vor Allem diese Schweisse.

Schon mancher dieser Kranken plagte sich mit dem Gedanken an die bekannten Zehrschweisse der Schwindsüchtigen. Diese Verwechslung ist aber um so weniger möglich, weil die Lungentuberculose zu d e r Zeit, wo die Zehrschweisse auftreten, bereits ihre verschiedenen Kennzeichen nur zu klar entfaltet.

40.

Das Auftreten der N e s s e l s u c h t *(Urticaria)* bei dem acuten und bei einer Verschlimmerung des chronischen Magencatarrh's ist eine zu häufig vorkommende Erscheinung, als dass sie nicht einer besonderen Erwähnung werth wäre. Bei einem acuten Magencatarrh, welcher durch E r k ä l t u n g des Magens hervorgerufen wurde, zeigt sich niemals Nesselsucht, ebensowenig wenn eine Ueberfüllung des Magens mit an und für sich gesunder Nahrung die Ursache war. Man beobachtet die Nesselsucht nur bei demjenigen Magencatarrh, welcher durch den Genuss irgend einer meist schon in Zersetzung begriffenen Speise hervorgerufen oder gesteigert wurde, als da sind: Seefische, Krebse, alte Käse, verdorbene Würste u. dgl. Nach *Hebra* *) kommt die Nesselsucht auch bei verschiedenen physiologischen Zuständen der Geschlechts-Sphäre des Weibes (Menstruation, Schwangerschaft) häufig vor. Es ist eine bekannte Sache, dass diese Zustände fast regelmässig mit Magencatarrhen combinirt sind. D i e s e n also ist auch hier die Nesselsucht zuzuschreiben. Somit haben wir neben der *Urticaria* aus ä u s s e r e r Ursache nur e i n e Art von *U.* aus innerer, nemlich die *U. gastrica.*

Zur Zeit der Verschlimmerung eines chronischen Magencatarrh's sind etwa vorhandene n ä s s e n d e F l e c h t e n (*Eczeme*) besonders unruhig. Das *Eczema vesiculosum* bekommt neue Ausbrüche; das *Eczema rubrum* fängt an stärker zu nässen; das *Eczema squamosum* wird wieder feucht und bei allen Formen stellt sich ein heftigeres Jucken ein.

Es haben überhaupt die Kranken, welche am chronischen Catarrh des Magens leiden, gar nicht selten nässende Flechten. Der gewöhnlichste Sitz der Flechten ist in diesen Fällen das Mittelfleisch und dessen nächste Umgebung.

In zahlreichen Fällen sah ich beim chronischen Magencatarrh die B l u t s c h w ä r k r a n k h e i t (*Furunculose*) auftreten. Fast regelmässig bei jeder Verschlimmerung des Magenleidens entwickelte sich wieder ein *Furuncel.*

An diese Erscheinung reiht sich das Auftreten von u m s c h r i e benen Z e l l g e w e b s - E n t z ü n d u n g e n, sowie der P a n a r i t i e n an, welche beim chronischen Magencatarrh gar keine Seltenheit sind.

---

*) L. c. Seite 209.

Zum Schlusse dieser Betrachtung verdient noch erwähnt zu werden, dass bei einer jeden Verschlimmerung des chronischen Magencatarrh's, namentlich bei einer solchen, wo sich vor Allem eine Uebersäurung des Magens kund gibt, regelmässig ein starkes Jucken am ganzen Körper entsteht, welches unaufhörlich zum Kratzen zwingt.

Ich sah diess vielmal und beobachtete, wie dieses Jucken verschwand, sobald die Säure im Magen getilgt war. Genaue Untersuchungen ergaben, dass diesem Jucken keine *Urticaria* zu Grunde lag.

41.

Frauen, welche am chronischen Magencatarrh leiden, haben regelmässig den s. g. «weissen Fluss». (Chronischer Catarrh der Gebärmutter und Scheide). Bei höheren Graden dieses Catarrh's beobachtet man oft die Erscheinungen der Hysterie und es kommen dann häufiger Anfälle vom Magenkrampf vor.

42.

Die geistige Niedergeschlagenheit der Magenkranken ist eine ganz regelmässig zu beobachtende Erscheinung, welche namentlich zu jener Zeit ihren höchsten Grad erreicht, wo eine Uebersäurung des Magens lange anhält. Da haben diese Kranken eine äusserst gereizte Stimmung und sehen überall schwarz. Kommt dann wieder ein Nachlass der Magenbeschwerden, so weicht jene unglückliche Stimmung einer behaglichen Heiterkeit, so dass die Kranken nicht mehr begreifen, wie sie vordem so kleinmüthig sein konnten.

4. Gastritis phlegmonosa & toxica.

43.

Bei dieser Krankheit des Magens ist nicht nur die Schleimhaut betheiligt, wie bei den bisher aufgezählten Erkrankungen, sondern je nach der Art und Heftigkeit des Leidens sämmtliche Schichten des Magens. *)

Es entwickeln sich nicht selten Abscesse zwischen den einzelnen Schichten und oft kommt es zur Durchlöcherung des Magens.

Die Magenentzündungen sind seltene Dinge; ich habe unter meinen Magenkrankheiten keinen einzigen Fall verzeichnet.

---

*) Unter solchen Umständen passen allein für diese Art von Magenkrankheiten die Benennungen: Gastritis und Magen-Entzündung. (Siehe Cap. IV.) —

Der Vollständigkeit wegen durfte die Sache hier nicht übergangen werden.

Man unterscheidet zwei Arten von Magenentzündung:

a. *Gastritis phlegmonosa.*
b. *Gastritis toxica.*

ad a. *Auvray* sagt uns in seiner *Étude sur la gastride phlegmoneuse, Paris 1865*, über die erste Art der Krankheit folgendes:
Als Ursache der Krankheit sei in der Regel Alcoholismus nachzuweisen. —

Der Eiter sei bald in das submucöse Zellgewebe infiltrirt, bald sei er in Abscessen, welche entweder submucös oder (selten) subserös gelagert seien, zu finden.

Die Krankheit habe einen raschen Verlauf, beginne plötzlich mit Fieber, Leibschmerz und Erbrechen, wobei das Gesicht verfalle, der Puls klein werde. Die Extremitäten werden kühl; der Leib sei nicht immer aufgetrieben. Das Erbrechen sei nicht zu stillen. Der Tod erfolge in kurzer Zeit. Wenn der Eiter in Abscessen liege, dann komme es nicht selten zur Perforation.

Die Erkenntniss der Krankheit sei zu Lebzeiten kaum möglich; erst die Sectionen bringen Aufklärung.

ad b. Die *Gastritis toxica* (Entzündung des Magens hervorgerufen durch verschluckte scharfe Gifte) steht der eben genannten Krankheit insofern sehr nahe, als dabei auch sämmtliche Schichten des Magens betheiligt sein können.

Die Diagnose ist meist leicht, weil man in der Regel die Ursache erfährt.

Die nähere Beschreibung der Krankheit passt aber weniger hierher als in eine Toxikologie.

5. Geschwüre am Magen.

44.

Man hat es mit zwei Classen von Geschwüren zu thun, nemlich mit dem einfachen catarrhalischen und mit dem s. g. perforirenden Magengeschwür.

Bei jedem Catarrh des Magens, welcher lange Zeit anhält, kommt es endlich zur Geschwürsbildung. Seitdem der Kehlkopfspiegel Licht gebracht auf ein Organ, dessen Erkrankungen zu den häufigsten und wichtigsten gehören, hat man überhaupt die Vorgänge bei einer Erkrankung von Schleimhäuten näher kennen gelernt, man hat namentlich die catarrhalischen Geschwüre häufiger im Leben beobachtet, als vordem. Man fand bald tiefer gehende folliculäre Geschwürchen, bald flache ausgebreitete Erosionen. Ganz die gleichen Eigenschaften haben auch die einfachen catarrhalischen Geschwüre im Magen.

45.

Es ist nicht möglich, das Vorhandensein solcher Geschwüre zu Lebzeiten mit Bestimmtheit zu erkennen; man kann blos ver- muthen, dass solche vorhanden seien, wenn ein Catarrh schon Jahr und Tag bestanden hat; denn andere Symptome treten dabei nicht auf, als diejenigen, welche dem chronischen Catarrh über- haupt eigen sind. *Cruveilhier,* der sich so viel mit diesem Gegen- stand befasste, hat in der Sitzung der Acad. de med. vom 3. März 1856 eine längere Arbeit über das e in f a c h e Magengeschwür résumirt und es ist dieses Résumé allgemein verbreitet und ge- glaubt worden. Cr. behauptete, dass das e in f a c h e Magen- geschwür leicht und sicher zu erkennen sei, weil dabei B l u t u n- g e n auftreten. Nun ist aber über allen Zweifel erhaben, dass es bei den e i n f a c h e n catarrhalischen Geschwüren höchst selten zu einer Blutung kommt und jedenfalls nie zu einer solchen Blutung, bei der ganze Massen von Blut erbrochen werden, oder durch den Stuhl fortgehen. So etwas beobachtet man dagegen regel- mässig beim p e r f o r i r e n d e n Geschwür, weil dieses viel tiefer gehende Zerstörungen anrichtet, wobei die Wandung von Gefässen erheblicheren Volumens angenagt wird.

46.

Das p e r f o r i r e n d e G e s c h w ü r, welches meist in den besten Lebensjahren, mehr bei Frauen als bei Männern vorkommt, wird entdeckt, wenn Kranke, welche schon längere Zeit die Symp- tome des chronischen Magencatarrh's an sich verspürt haben, p l ö t z l i c h e i n m a l B l u t b r e c h e n b e k o m m e n, o d e r d u r c h B l u t s c h w a r z g e f ä r b t e S t ü h l e, o d e r b e i d e s z u g l e i c h. In dem einen Falle wird nemlich das Blut lediglich nur nach oben entleert im Erbrechen; es kann aber auch abwärts gehen und die Stuhlentleerungen schwarz färben. Kranke, die solche pechschwarze Stühle zum ersten Male sehen, sind darob sehr beunruhigt und ihr Gedächtniss behält die Sache in so nütz- licher Treue, dass sie nach Jahren noch davon wissen und zur Diagnose des Magenleidens eine gute Anamnese liefern.

Wie auf jeder Schleimhaut, wie namentlich auch auf der Schleimhaut der Bronchien oft Blutungen vorkommen, ohne dass gerade ein Geschwür ein Blutgefäss zernagt hat, so können auch auf der Schleimhaut des Magens — übrigens eine grosse Selten- heit! — solche Blutungen vorkommen, hervorgerufen durch F l u x i o n oder durch v e n ö s e S t a u u n g.

Derartige Blutungen habe ich bei Frauen zur Zeit der Schwanger- schaft einige Mal zu beobachten Gelegenheit gehabt und zwar bei solchen Frauen, welche in ihrem Leben niemals am Magen gelitten.

Unter diesen Umständen sichert eine Magenblutung für sich allein die Diagnose eines perforirenden Geschwürs nicht. Es müssen neben der Blutung noch die Symptome des chronischen Magencatarrh's dagewesen sein. Ferner hilft zur Diagnose des perforirenden Magengeschwürs der dabei vorkommende eigenthümliche Schmerz in der Magengrube, über dessen Qualität im Capitel von den Unterscheidungskennzeichen der einzelnen Magenkrankheiten ausführlicher zu reden sein wird. (52).

Alle Kranken, welche an einem perforirenden Magengeschwür leiden, wissen von Blutbrechen oder von pechschwarzen Stühlen zu erzählen, oft aus langer Zeit her. Wenn nemlich mit einem solchen Geschwür nicht noch ein ausgebreiteter Catarrh der Magenschleimhaut verbunden ist, — und diess ist ganz selten der Fall; der Catarrh ist meistens nur auf die nächste Umgebung des Geschwürs beschränkt, — dann können merkwürdiger Weise lange Zeit, (mehrere Monate lang) alle Störungen in der Verdauung u. s. f. so sehr zurücktreten, dass sich der Kranke für ganz gesund hält, so lange bis ein unbedeutender Diätfehler diese angenehme Täuschung aufklärt und den ganzen Sturm von Magenbeschwerden hervorruft, namentlich wiederum eine Magenblutung.

Ich habe gerade zwei Fälle von perforirendem Magengeschwür in Behandlung, bei welchen diese lichten Intervalle besonders merkwürdig sind. Der Eine (L. N. in B.) hat jetzt zum dritten Male Blutbrechen gehabt. Immer waren Monate dazwischen verstrichen, wo dann der Kranke sich vollkommen wohl fühlte und seinen sehr beschwerlichen Dienst versehen konnte. — Die Andere (Frau S. in B.) hat gegenwärtig ein sehr hartnäckiges Blutbrechen. Es sind jetzt über zwei Jahre, seitdem diess zum letzten Male vorgekommen. Die Kranke gibt an, dass sie seit jener Zeit vollkommen wohl gewesen sei; nur dann, wenn sie sich nicht ganz pünktlich an die vorgeschriebene Diät gehalten habe, seien Magenschmerzen entstanden, woraus sie geschlossen habe, dass ihr Magen doch noch nicht ganz in Ordnung sein müsse.

Das perforirende Magengeschwür ist eine häufigere Krankheit, als man vielleicht glaubt. Wenn man bei den Sectionen den Magen fleissig untersucht, so wird man gar oft überrascht von Narben geheilter Magengeschwüre, in Fällen, wo man es gar nicht vermuthete, wo die Anamnese gar nicht darauf geführt hat. Es geht hieraus hervor, dass dieses Geschwür sehr häufig heilt, dass also nur der geringste Theil den Magen durchfrisst.

47.

Kommt es aber zur Durchbohrung, dann tritt der Inhalt des Magens in die Bauchhöhle und erzeugt gewöhnlich eine sehr rasch tödtende Bauchfellentzündung.

Unter den vielen Fällen von Magenkrankheiten, welche mir schon vorgekommen sind, befinden sich nur zwei mit diesem Ausgange. Der eine mag hier kurze Erwähnung finden: Es betrifft einen Kranken im Alter von 45 Jahren, welcher sich gar nicht mehr an die Zeit erinnerte, wo er eigentlich sich einmal ganz wohl gefühlt hat. Der Kranke erzählte mir beim ersten Besuche nicht nur die Erscheinungen des chronischen Magencatarrh's insgesammt sehr klar, sondern auch die stattgehabten Blutentleerungen durch den Stuhl und durch Erbrechen. Es würde den vorgesteckten Rahmen dieser Abhandlung überschreiten, wollte ich die Krankengeschichte vollständig erzählen, ich muss mich darauf beschränken, das Drama der Perforation mitzutheilen, welches mir noch lange lebendig im Gedächtniss bleiben wird. Den 26. August 18.. Abends 6 Uhr besuchte ich den Kranken gelegenheitlich. Er erzählte mir, es gehe ihm in den letzten Tagen ordentlich, die Magenschmerzen seien ganz unbedeutend und der Appetit rege sich wieder; nur die Stühle haben ihn beunruhigt, weil sie wieder ganz schwarz seien. Ich verweilte ein Paar Stunden bei dem mir nahe befreundeten Kranken. Wir unterhielten ein heiteres Gespräch. Da stiess er auf einmal einen Schrei aus, fuhr mit der Hand auf die Magengegend und sagte: „es ist mir, wie wenn etwas im Leibe gekracht hätte". Die Schmerzen steigerten sich rasch, der Kranke wurde leichenblass, auf der Stirne stellte sich kalter Schweiss ein, der Puls wurde sehr klein und sehr schnell (120 und mehr). — Ich vermuthete die Perforation und machte hierwegen an die Familien-Angehörigen Mittheilung, namentlich wegen des nahe bevorstehenden Ausgangs. Der Kranke wälzte sich unter den heftigsten Schmerzen im Bette herum. Von den verschiedenen Mitteln brachte nur eine subcutane Injection von Morphium für kurze Zeit Ruhe. Schon nach 3 Stunden traten die Erscheinungen ein, welche den nahen Tod ankündigten. — Bei der Section fanden sich vor: eine ausgebreitete Peritonitis, viel fibrinöses Exsudat und zahlreiche Verklebungen der Organe. Das perforirende Geschwür fand ich in der Nähe des Magenpförtners an der kleinen Curvatur. Es war (wie gewöhnlich) rund, hatte inwendig die Grösse eines Guldenstücks während das eigentliche Loch nur so gross war, dass mein kleiner Finger hindurch konnte. Der dünnflüssige Mageninhalt war durch Blut und Galle dunkel grün gefärbt; es fand sich davon in der Nähe des Loches über das Gedärm zerstreut vor. Der Pylorus war nach rückwärts verwachsen. Die Schleimhaut der ganzen Umgebung des Geschwürs und des obern Drittheils des Zwölffingerdarms war verdickt, aufgelockert, hyperämisch, die Magenwandungen in der Nähe der Perforation erheblich verdickt und sehr weich anzufühlen. —

Man hört und liest hie und da von Fällen, wo die Krankheit sich so zu sagen vom ersten Augenblicke als perforirendes Magengeschwür geoffenbart habe. Mir kam nie etwas Derartiges

vor; es war vielmehr in allen Fällen der Verlauf ein sehr lang-
wieriger, die Krankheitsdauer war nach Jahren zu bemessen und
es hatten die Kranken schon lange vor dem ersten Auftreten
einer Magenblutung über die Beschwerden des chronischen Magencatarrh's geklagt. Rasch verlaufende Fälle, welche in wenig
Stunden durch Perforation tödtlich endigten, sind zu lesen in
der *Med. Times and Gazette, Marsh. 8th. 1862.* Es soll vorher
auch nicht die geringste Störung in der Verdauung und keine
Spur von einem Symptome des perforirenden Geschwürs vorhanden gewesen sein. Ein ähnlicher Fall ist auch beschrieben im
Buffalo Med. Journal. January 1865, Pag. 219. — Nun ist aber nur
zu sehr bekannt, dass bei den Aufnahmen in die Spitäler eine
genaue Anamnese nicht immer erhoben werden kann. Würde
man genauer nachforschen, so hörte man sicherlich von voran-
gegangenen Verdauungsstörungen und Schmerzen in der Magengrube, sowie von Blutungen erzählen.

6. Der Magenkrebs.

48.

Diese Krankheit ist unvergleichlich häufiger bei Männern
als bei Frauen, und kommt fast nur im höheren Alter vor.

Wenn zu den Erscheinungen des chronischen Magencatarrh's
noch ein Erbrechen von kaffeesatzähnlichen Massen kommt, wenn
es eine bejahrte Mannsperson betrifft, welche die bekannte Krebs-
physiognomie darbietet, dann kann schon ein Magenkrebs ver-
muthet werden. Die Diagnose wird aber ausser allen Zweifel
gesetzt, wenn die Krebsgeschwulst sich fühlbar macht.
Es lässt sich nemlich in den meisten Fällen durch die Bauch-
decken in der Magengrube oder — bei grossen, wegen ihrer
Schwere sich senkenden Krebsgeschwülsten — auch unterhalb
der Magengrube bis gegen den Nabel hinab eine harte unebene
Geschwulst entdecken. Unter hundert Fällen hat der Krebs in
99 seinen Sitz am Pylorus. Wäre diess ausnahmsweise einmal
nicht der Fall, dann könnte man ihn auch nicht durch die Bauch-
decken auf die besagte Weise fühlen und es sind in der That
auch solche Fälle bekannt, wo erst durch die Section eine un-
sichere Diagnose aufgeklärt wurde.

Wer jedoch schon mehrere derartige Kranke gesehen hat,
wird gleich durch den allgemeinen Eindruck auf den richtigen
Weg der Diagnose geleitet werden.

Durch genaue Aufzeichnungen von einer ziemlich grossen Anzahl
von Fällen habe ich die Thatsache bestätigt gefunden, dass von der
Zeit, wo die Diagnose einmal sicher ist, wo man also die Krebsgeschwulst fühlen kann, kein Kranker mehr ein Jahr lang lebt. Die

Erscheinungen, welche den baldigen Tod ankündigen, sind: Ein hoher Grad von Abmagerung, Hautwassersucht (namentlich geschwollene Füsse), starke Zehrfieber mit Delirien und anhaltende Diarrhoe.

49.

Als Anhang zu den Schilderungen der Symptome des Magenkrebses sei es mir noch vergönnt, einiger Erscheinungen zu gedenken, welche ich vielfach beobachtete, von denen anderwärts selten die Rede ist:

Da die meisten Geschwüre, namentlich die Krebsgeschwüre, den Sitz am Pylorus haben, so schlafen solche Kranke auf der linken Seite besser als auf der rechten, weil in ersterer Lage der Inhalt des Magens mehr von der kranken Stelle sich wegmacht, welche sonst dadurch mechanisch oder chemisch gereizt worden wäre.

Der Magensaft wird aus den Laabdrüsen abgeschieden. Diese sind auf allen anderen Stellen des Magens reichlicher vorhanden als am Pylorus. Daher kommt es, dass eine so schwere Erkrankung des Magens, wie z. B. der Magenkrebs, der seinen Sitz meist in der an Laabdrüsen armen Pylorusgegend hat, oft verhältnissmässig geringe Störungen in der Verdauung bewirkt, wenn nicht etwa der meist noch vorhandene chronische Catarrh des Magens eine grössere Partie der Magenschleimhaut ergriffen hat und in ihrer Function beeinträchtigt.

Beim Pyloruskrebs ist das im normalen Zustande von Zeit zu Zeit erfolgende Oeffnen des Pförtners — um im Verlaufe der Verdauung den Speisebrei schuckweise in den Darm übergehen zu lassen — mangelhaft und es steht gemeiniglich längere Zeit an, bis wieder einmal ein solches Oeffnen des Pförtners und Entleeren des Magens erfolgt. Ja es kann sogar der Fall eintreten, dass die Krebsmasse diesen Theil des Magens ganz ergreift und in eine starre Masse verwandelt, so dass die erwähnte Bewegung gar nicht mehr möglich ist. Diese behinderte Entleerung des Magens gibt Veranlassung zum Erbrechen, und zur Magenerweiterung. In solchen Fällen bleibt der Pförtner eine constante Oeffnung, welche aber in der Regel beträchtlich verengert ist. Es ist somit die volksthümliche Benennung: «Magenschluss» nicht ganz ungeeignet. Da also der Pförtner immer offen bleibt, so können sich fortwährend kleine Portionen des Mageninhalts, welche noch gar nicht verdaut sind, in den Darmcanal entleeren. Solche Substanzen wirken in hohem Grade reizend auf die Darmschleimhaut, rufen bald einen Darmcatarrh hervor, welcher immer wieder von Neuem angefacht wird und von dem die erschöpfenden Diarrhoeen herrühren, die zum Hydrops und endlich zum Tode führen.

7. Magenpolypen.

50.

Die Magenpolypen sollen nach Ebstein (Archiv f. Anat. u. Physiologie 1864. I.) nicht so selten sein. Da ich bei vielen Sectionen immer den Magen ganz besonders aufmerksam untersucht und trotzdem nie solche Polypen angetroffen habe, und da überhaupt auch in der Literatur ihrer kaum gedacht ist, so muss ich im Glauben verharren, dass die Magenpolypen eine grosse Seltenheit seien.

In der *Gaz. des hopitaux 1864, Nr. 20* sind 2 Fälle davon beschrieben und es ist dort bemerkt, dass sie zu Lebzeiten niemals Symptome gemacht haben. Auch aus diesem Grunde ist es für eine practische Abhandlung über die Magenkrankheiten überflüssig weiter darauf einzugehen.

8. Reine Cardialgie. (Magenkrampf).

51.

Wie die ganze Classe von Neuralgieen durch Erweiterung der anatomischen Einsicht sehr decimirt wurde, so hat man auch die reine Cardialgie läugnen und behaupten wollen, dass immer eine Magenkrankheit anderer Art die Ursache der Schmerzen sei. Bei weitem in den meisten Fällen ist diess richtig. Den chronischen Magencatarrh, insbesondere aber das perforirende Geschwür begleiten häufig cardialgische Anfälle, auch beim Magenkrebs sind die Schmerzen oft krampfartig.

Nachdem ich angefangen hatte, bei den Sectionen ein besonderes Augenmerk auf den Magen zu richten, fand ich nicht so selten bei Personen, welche früher am Magenkrampf viel gelitten hatten und nun zufällig an irgend einer andern Krankheit starben, den Magen vollkommen gesund, keine Spur irgend einer Texturstörung, namentlich fand ich keine von geheilten perforirenden Geschwüren herrührende Narben. Dadurch gelangte ich zu der Ueberzeugung, dass es ausser der allerdings weit häufigeren symptomatischen in der That noch eine reine Cardialgie gibt. Und ich fand diese reine Cardialgie dann namentlich auf dem bekannten Gebiete der Nervenkrankheiten, also insbesondere bei chlorotischen Mädchen, bei Frauen, welche in Geburten grosse Blutverluste gehabt hatten, bei kinderlosen hysterischen Haushälterinnen. In den meisten Fällen waren noch andere Nervenleiden abwechselnd vorhanden, so der halbseitige Gesichtsschmerz, das nervöse Kopfweh (*Hemicranie*) u. s. f.

Der einzelne Anfall des Magenkrampfes ist meist von kurzer Dauer, in einer Viertelstunde ist Alles vorüber. Die reinen cardialgischen Anfälle unterscheiden sich von den symptomatischen besonders dadurch, dass letztere regelmässig durch ein Erbrechen beschlossen werden, worauf grosse Mattigkeit und Schlaf folgen. Die von anderen Krankheiten herrührenden Magenkrämpfe haben eine längere Dauer und stehen mit den Verschlimmerungen jener Krankheiten in Verbindung, sind namentlich häufig zur Zeit der Uebersäurung des Magens und werden manchmal hervorgerufen, wenn bei einem chronischen Magencatarrh ein Diätfehler durch den Genuss einer scharfen schwer verdaulichen Speise (Käse, Würste oder Aehnliches) begangen wurde.

Drittes Capitel.

Von den Unterscheidungs - Merkmalen der einzelnen Magenkrankheiten.

52.

Bei einer Classe von Krankheiten, welche so viele Erscheinungen gemeinsam haben und so oft Combinationen unter sich eingehen, ist es zu rathen, nicht gleich bei der ersten Begegnung mit dem Kranken einen bestimmten Ausspruch über sein Leiden zu geben. Man muss vorerst die Krankheit längere Zeit beobachten; ihr Verlauf wird endlich die bestimmte Diagnose zu stellen helfen.

Da der chronische Magencatarrh regelmässig die anderen Magenkrankheiten (Krebs, Geschwüre) begleitet, so trifft man überall seine Symptome. Kommt nun zu diesen Symptomen einmal Blutbrechen oder schwarze Stühle, dann ist ein perforirendes Geschwür zu vermuthen. Wird bei den Symptomen des chronischen Magencatarrh's nach und nach eine harte unebene Geschwulst in der Magengrube oder auch etwas weiter unten fühlbar, dann hat man den besten Anhaltspunct für die Erkenntniss eines Magenkrebses.

In dem Erbrochenen findet man beim acuten Magencatarrh meistens unverdaute Speisereste, namentlich wenn solche Speisen gegessen wurden, welche sich schwer auflösen, wie z. B. Hülsenfrüchte (Bohnen, Erbsen, Linsen); beim chronischen Magencatarrh enthält das Erbrochene immer viel zähen Schleim; beim perforirenden Magengeschwür Blut; beim Krebs sind es kaffeesatzähnliche Massen.

Bei demjenigen chronischen Magencatarrh, welcher für sich allein besteht, zeigt sich eine gewisse Permanenz der Symptome; beim Geschwür können dieselben oft für längere Zeit ganz verschwinden, auch beim Krebs können dieselben eine Zeit lang wieder sehr mässig sein und bei der reinen Cardialgie sind es rasch verlaufende Anfälle, zwischen welchen oft ein langer vollkommen gesunder Zwischenraum liegt.

Der Schmerz ist bei der reinen Cardialgie ein heftiges krampfhaftes kurz dauerndes Zusammenschnüren und kann bei ganz nüchternem Magen auftreten. Beim chronischen Catarrh und beim Geschwür ist der Schmerz um so grösser je beträchtlicher die Mahlzeit war, ist also namentlich nach dem Mittagessen, welches quantitativ die wichtigste Mahlzeit zu sein pflegt, am quälendsten. Beim chronischen Catarrh ist es ein Gefühl von Vollsein (Magendrücken); beim Geschwür ein Nagen an der Stelle, wo das Geschwür sitzt. Ein Druck auf das Epigastrium vermehrt beim Geschwür den Schmerz, während die Kranken sich bei einem cardialgischen Anfall oft von selbst durch einen solchen Druck Linderung zu verschaffen suchen.

Beim Magenkrebs ist ein Druck auf die Magengegend oft ganz unerträglich, so dass sich die Kranken ihre Kleidungsstücke immer offen halten.

Die Cardialgie kommt meist bei chlorotischen Mädchen und hysterischen Weibern vor; das Geschwür meistens bei Frauen, die im besten Lebensalter stehen und kein «nervöses» Aussehen haben. Der Krebs ist eine Krankheit des höheren Alters.

Cruveilhier hat behauptet, dass die ausschliessliche Milchdiät die Diagnose zwischen Geschwür und Krebs am besten sicher stellen könne, indem Milchdiät das Geschwür heilt, den Krebs nicht. Das Letztere ist ganz wahr, das Erstere leider nicht immer.

Das Morphium leistet bei cardialgischen Anfällen vorzügliche Dienste; die Schmerzen der anderen Magenkrankheiten aber k e h - r e n   i m m e r   w i e d e r, wenn die narcotische Wirkung des Morphiums aufgehört hat.

Man sieht also, dass manchmal erst die therapeutischen Erfolge die Sache aufzuklären, die Diagnose zu sichern vermögen.

53.

Es können auch Störungen in der Verdauung vorkommen, ohne dass der Magen krank ist; diese sind dann Folgen von K r a n k - h e i t e n   d e s   D a r m c a n a l s. *Bachelet* beschreibt in der *Union medic. 1864, Nr. 116* solche Fälle und nennt sie *Jleo-coecal-Dyspepsie*. Die Unterscheidung dieser Darmleiden von einer Magenkrankheit wird erleichtert durch das Fehlen derjenigen Symptome, welche die Magenkrankheiten a l l e i n hervorzurufen im Stande sind.

Die Unterscheidung eines perforirenden Geschwürs im Z w ö l f - f i n g e r d a r m von einem solchen im Magen ist schwer, da beiden viele Symptome gemeinsam sind; namentlich das Hauptsymptom (Blutung). Wenn jedoch solche Erscheinungen bei einem Individuum vorkommen, das s c h o n   e i n m a l   i c t e r i s c h   w a r, o d e r   n o c h   i s t, dann kann man vermuthen, dass der Sitz der Krankheit im Duodenum sei, von welchem aus sich gerne eine Erkrankung der Gallengänge mit Unwegsamkeit derselben entwickelt, der eben zum *Icterus catarrhalis* führt.

Viertes Capitel.

Von der Nomenclatur bei den Magenkrankheiten.

54.

Nach diesen Schilderungen wird es jetzt angemessen sein, über die vielen Namen, welche für die Magenkrankheiten gebraucht werden, zu Gericht zu sitzen; ein Capitel zu berühren, welches in der Lehre von den Magenkrankheiten durchaus nicht das schönste ist. Sowohl im gewöhnlichen Leben als auch in der Wissenschaft ist immer noch eine solche Menge Namen für die wenigen Arten von Magenkrankheiten in Curs, dass arge Verwirrung hervorgerufen wird. Nicht immer hat man nemlich nur ein Eintheilungsprincip bei dieser Classe von Krankheiten consequent verfolgt, sondern man hat bald nach den pathologisch-anatomischen Veränderungen, welche man bei den Sectionen am Magen gefunden, die Krankheitsnamen gemacht; bald hat man einzelne besonders in die Augen fallende Symptome zu Krankheitsbegriffen erhoben.

In der neueren deutschen Literatur findet man im Allgemeinen schon mehr Consequenz in der Classification der Magenkrankheiten, man findet fast durchgängig Eintheilungen, welche auf pathologisch-anatomischer Basis stehen. Doch nisten sich noch öfters andere Benennungen dazwischen ein, oder figuriren als ein Verwirrung stiftender Anhang; es ist, wie wenn der Muth fehlte, diese Namen ein für alle Mal fallen zu lassen, weil noch immer ein grosser Theil des Publicums daran hängt.

In der fremden Literatur, namentlich in der französischen, welche gerade über dieses Thema ausserordentlich fruchtbar ist, findet man das Festhalten an den falschen Benennungen in einer wirklich unangenehm überraschenden Weise. Die meisten Schriften, selbst aus neuester Zeit, haben wieder die fehlerhaften Eintheilungen nach Symptomen. *Moreau* z. B. nennt in seinen *Considerations générales sur la dyspepsie, Paris 1863* die meisten Magenkrankheiten geradezu nur «Dyspepsieen» und unterscheidet dann eine cardialgische, eine saure, eine flatulente, eine «Glukser-!», eine Gedärm-Dyspepsie! Und *Guipon* beschreibt in seiner *Traité de la dyspepsie* noch ganz besonders ausführlich eine «boulimische Dyspepsie». Die Bezeichnung «Dyspepsie» steht ungefähr auf der gleichen Rangstufe von wissenschaftlicher Präcision, wie die volksthümliche Klage vom «schwachen Magen», von der «gestörten Verdauung». Ist ja doch bei allen Magenkrankheiten «Dyspepsie» vorhanden, bei der einen mehr bei der andern weniger. Man hat also mit der Dyspepsie höchstens gesagt, dass es am Magen fehlt; dass dort irgend eine pathologisch-anatomische Veränderung die Verdauungsfähigkeit beeinträchtigt.

55.

Eine reine «Dyspepsie», d. h. eine Störung in der Verdauung, welcher keine anatomische Veränderung am Magen zu Grunde liegt, ist nicht erwiesen. Sind auch gleich im Anfange einer «Dyspepsie» die Symptome, welche einen chronischen Catarrh der Magenschleimhaut, ein Geschwür oder einen Krebs am Magen anzeigen, öfters kaum wahrzunehmen, so kommt man doch später bei längerer Beobachtung des Falls immer darauf. Nur in ganz seltenen Fällen wurde erst nach dem Tode durch die Section das materielle Substrat einer s. g. «Dyspepsie» entdeckt.

Das Vorkommen einer reinen Dyspepsie physiologisch zu beweisen, ist auch noch nicht gelungen; die Kenntnisse über den Nerveneinfluss auf die Verdauung, wie sie bis jetzt errungen sind, reichen nicht hin. Wie wenig unbestrittene Thatsachen findet man über diesen Gegenstand! Man weiss durch *Schroeder van der Kolk*, dass das nervöse Centralorgan für die quergestreiften Muskeln des oberen Theiles vom Verdauungscanal, welche beim Kauen mitwirken, in der *Medulla oblongata* liegt. Dass die peristaltischen Bewegungen des übrigen Theiles vom Verdauungsrohr ihre Centralorgane in den Ganglien haben, ist nur eine (allgemein gangbare) Annahme. Man weiss, dass durch Reizungen des Vagus Contractionen der Speiseröhre und des Magens hervorgerufen werden. Ein solch' enges Wissen, ein solch' umfangreiches Vermuthen, welches also nicht einmal zur Erklärung des normalen Nerveneinflusses auf die Verdauung ausreicht, kann nicht annähernd eine rein nervöse Functionsstörung erklären und beweisen.

Was die Annahme einer reinen «Dyspepsie» in Bezug auf die Behandlung der Magenkrankheiten für Nachtheil gestiftet, ist nicht zu beschreiben. Wenn man einfach auf den Wortlaut geht, so hätte man ja immer nur die Aufgabe, bei einer «Dyspepsie» Mittel zu verordnen, welche «den Appetit reizen» — «die Verdauung stärken» — und wie die Ausdrücke alle heissen. Da nun jede Magenkrankheit (der Catarrh, das Geschwür, der Krebs) mit «Dyspepsie» verbunden ist, so wurde bei jeder Krankheit nach obigen Mitteln gegriffen. Man verordnete ohne Weiteres und in allen Fällen die Reizmittel, von den piquanten Speisen, von den Gewürzen anfangend bis zu den stärksten, bis zur *Ipecacuanha*; und das Fatalste dabei war noch die ziemlich verbrei-

tete Gewohnheit, solche Mittel immer längere Zeit nehmen zu
lassen. So wurde eine kranke Schleimhaut fortwährend gereizt
und ein solch' zweckwidriger Kampf mit der «Dyspepsie» geführt,
dass sich die Krankheit steigerte, bis z. B. einmal Blutbrechen
eintrat, welches dem «Dyspeptiker» die Augen öffnete und zeigte,
dass er an keiner reinen «Dyspepsie» leide, sondern an einem
perforirenden Magengeschwür.

56.

Die Uebersäurung des Magens, *Pyrosis* (Sodbrennen)
findet man auch manchmal als eine besondere Art von Magenkrankheit angeführt. Es wurde bereits (22) ausführlicher über
die Pyrosis gesprochen und gezeigt, dass sie kein selbstständiges
Leiden, sondern ein Symptom von verschiedenen Magenkrankheiten,
vor Allem des chronischen Catarrh's sei.

57.

Die Bezeichnung „*Gastritis*" wird manchmal für Magencatarrh gebraucht, gerade wie «Bronchitis» für Bronchialcatarrh.
Da aber Gastritis, wie bereits oben (43) näher erörtert wurde,
diejenige Art von Magenentzündung bezeichnet, welche nicht nur
die Schleimhaut, sondern a l l e Schichten des Magens ergriffen hat,
so ist es sehr unpassend diese Namen zu verwechseln.

58.

Gastricismus, Status gastricus, sind Benennungen, mit welchen der Eine den B e g i n n eines Magencatarrh's, ein Anderer
den g a n z e n Magencatarrh, ein Dritter endlich blos jene Magencatarrhe zu bezeichnen pflegt, die bei fieberhaften Krankheiten vorkommen. Schon der Umstand, dass der Eine diess der Andere jenes
darunter versteht, bricht den Stab über diese überflüssigen Namen.

59.

Wenn doch einmal an dem pathologisch-anatomischen Eintheilungsprincip festgehalten werden soll, so fällt ferner auch
die Benennung «gastrisches Fieber» weg. Es ist das Fieber
Nichts weiter als ein Symptom des Magencatarrh's, welches
sogar nicht einmal in rechtem Verhältniss steht mit der Heftigkeit und der Ausdehnung jener Krankheit. Man kann Fälle von
Magencatarrh sehen, bei denen alle andern Symptome mit grosser
Heftigkeit auftreten, wo also eine ausgedehnte Erkrankung der
Magenschleimhaut ausser allem Zweifel gezogen ist, und doch ist
das Fieber dabei ganz unbedeutend und umgekehrt.

60.

In manchen Fällen von chronischem Magencatarrh kommt
regelmässig alle Morgen nüchtern ein Erbrechen v o n z ä h e m

Schleim vor. Der chronische Catarrh des Magens hat hier eine ähnliche Gestalt angenommen, wie jene Form des chronischen Catarrh's der Lunge, welche wegen der übermässigen Secretion von Schleim unter dem Namen Bronchoblennorrhoe bekannt ist. Diess gab Veranlassung, eine besondere *febris mucosa* aufzustellen. Es ist schon oben bei den Symptomen des chronischen Magencatarrh's das Nähere hierüber gesagt und gezeigt worden, dass es keine selbstständige Krankheit, sondern nur ein Symptom sei. (28).

Die deutsche Benennung «Schleimfieber», welche man aus dem Volksmunde so häufig hört, wird niemals für obiges Symptom des chronischen Magencatarrh's, dagegen häufig für den Typhus gebraucht.

61.

Zu der gleichen Selbstständigkeit hat sich auch das sub 29 schon erwähnte Symptom des chronischen Magencatarrh's emporgeschwungen. Gallenfieber, auch hitziges Gallenfieber nannte man nemlich bisweilen diejenige Form des chronischen Magencatarrh's, bei welcher heftiges Erbrechen von gallichten Massen vorkommt.

> Das eigentliche Gallenfieber, welches ich in heissen Gegenden selbst zu beobachten Gelegenheit hatte, ist Nichts weniger als eine Magenkrankheit; es ist ein Typhus, bei welchem Catarrhe des Zwölffingerdarms und der Gallenwege mit Affectionen der Leber vorkommen.

62.

Manche stellen die *Cholera nostras* (die allgemein bekannte Sommerkrankheit, welche namentlich auf dem Lande in den Monaten August und September oft epidemisch vorkommt) auch zu den Magenkrankheiten, verschmelzen sie insbesondere mit dem acuten Magencatarrh. Da diese Krankheit bald und dann ausschliesslich auf der Darmschleimhaut sich ausbreitet, so gebührt ihr die Benennung «Darmcatarrh» und die Locirung unter die Darmkrankheiten.

63.

Der Magencatarrh der Kinder wurde desshalb nicht in diese Abhandlung aufgenommen, weil er in diesem Alter eine ganz andere Krankheit mit anderen Symptomen, anderem Verlauf, anderen Ausgängen darstellt und eine ganz andere Behandlung erfordert, als die gleiche Krankheit bei Erwachsenen.

Wegen dieser Eigenthümlichkeiten findet die Beschreibung der Krankheit in einem Buche über die Kinderkrankheiten einen geeigneteren Platz.

Fünftes Capitel.

Von den Ursachen der Magenkrankheiten.

64.

Die gewöhnlichen **äussern** Ursachen der Magenkrankheiten sind Diätfehler.

Es können auf dreifache Weise Diätfehler gemacht werden: erstens durch U e b e r f ü l l u n g des Magens mit Getränken, oder mit sonst leicht verdaulichen, unschädlichen Speisen; zweitens durch den Genuss von Speisen oder von Getränken, welche e i n e s e h r n i e d e r e, oder eine zu h o h e T e m p e r a t u r h a b e n; endlich drittens durch den Genuss einer in Z e r s e t z u n g be- g r i f f e n e n oder schon a n und f ü r s i c h s c h w e r v e r d a u- l i c h e n Speise oder eines Getränks, welches eine z u g r o s s e M e n g e Alcohol enthält, oder durch s c h ä d l i c h e B e i m e n- g u n g e n (etwa auch eigene Zersetzungsproducte) verdorben ist.

. Es wäre nun am Platze, diesen allgemeinen Satz zu de- tailliren; um Wiederholungen zu vermeiden, muss jedoch auf dasjenige Capitel der Therapie verwiesen werden, welches jedes einzelne Nahrungsmittel und jedes Getränke behandelt und angibt wodurch es Schaden stiftet und wie dieser abgewehrt werden kann. (80 u. f.) Hier sollen vorläufig nur die s c h ä d l i c h e n L e b e n s w e i s e n i m A l l g e m e i n e n und die ursächlichen Be- ziehungen erwähnt werden, in welchen die Magenleiden zu a n d e- r e n K r a n k h e i t e n stehen.

65.

Die Art zu leben findet man oft für grosse Gegenden in einer **und** derselben Volksklasse ganz gleich und die desfalsigen Gewohn- **heiten** so tief eingewurzelt, dass sie selbst dann nicht geändert **werden**, wenn Manches daran schon längst als fehlerhaft erkannt **ist**. An der widersinnigsten Lebensweise wird mit einer Zähigkeit **fest**gehalten, wie an manchen ganz unzweckmässigen und oft **lä**cherlichen Volkstrachten.

Das F r ü h s t ü c k, welches herkömmlich meist nur aus einer **Tasse** Milchkaffee mit Brod .(und Butter) besteht, ist entschieden

unzureichend; es wird desshalb regelmässig Mittags dieser Mangel allzugründlich ausgeglichen.

Das Mittagessen soll Alles ersetzen. Von solchen, welche
bereits den Grund zu einer Magenkrankheit gelegt haben, hört
man regelmässig die Klage, dass es ihnen einige Zeit nach dem
Mittagessen immer am unbehaglichsten sei. Es ist eben der
Magen überladen worden.

Bei uns lockt die s. g. gesellige Unterhaltung die Meisten
allabendlich in die Bier- oder Weinhäuser. (Ich bin auch Einer
davon). Obgleich der Zweck solcher Gesellschaften statutengemäss
ein ganz anderer ist, so kommt doch sehr oft vor, dass der Durst
allzugründlich gelöscht wird. Bei weitem die meisten Magenkrankheiten, besonders die acuten Catarrhe sind hervorgerufen worden durch Ueberfüllung des Magens mit sehr kaltem Getränke.
Keine seltene Errungenschaft aus den geselligen Unterhaltungen
ist derjenige acute Magencatarrh, welcher unter dem Namen
«Katzenjammer» bei Hoch und Nieder bekannt ist. Im Verlaufe
der Zeit und wenn sich die Sache oft und rasch nacheinander wiederholt, entwickelt sich daraus der chronische Catarrh des Magens.

66.

Auf dem Lande treffen wir die Magenkrankheiten noch häufiger, als in der Stadt. Die Landleute essen zu wenig Fleisch,
ihre Nahrung besteht fast nur aus Mehlspeisen, Gemüse und
Kartoffeln. Die Milch, welche auf dem Lande in so reiner und
guter Qualität und so billig zu haben ist, steht beim Landbewohner nicht in dem Rufe eines guten Nahrungsmittels. Der
Landbewohner bemisst nemlich die Nahrhaftigkeit der Speisen nach
ihrer Consistenz, er meint, etwas Flüssiges könne niemals soviel
Nahrungsstoff enthalten als etwas Dickes. Daher kommt es, dass
die Kinder mit Brei aufgefüttert werden, die Schweine und Kälber
dagegen zur Mastung die Milch bekommen.

67.

Ausser den Fehlern im Essen und Trinken gibt es dann
noch Dinge im Leben, welche mittelbar schaden — durch Be-
einträchtigung des Nerveneinflusses auf die Verdauung: Ein Ueber-
maass im Geschlechtsgenuss, oder gar die Onanie schwächt die
Verdauung sehr und gibt oft Veranlassung zu Magenkrämpfen. —
Deprimirende Gemüthsaffecte haben einen solch nachtheiligen Einfluss auf die Verdauung, dass der Rath, unter solchen Umständen
wenig zu essen, fast volksthümlich geworden ist. —

Als ich an einem chronischen Catarrh des Magens litt, konnte
ich an mir selbst den nachtheiligen Einfluss beobachten, welche eine
Störung der Nachtruhe auf die Magenfunction hat. So oft mir

in der Ausübung meines Berufes die Nachtruhe gestört wurde, verschlimmerte sich meine Krankheit und zwar in der Regel auf mehrere Tage, so dass ich Zeit genug fand, tiefgefühlte Betrachtungen anzustellen über die Annehmlichkeiten des ärztlichen Berufs.

68.

Das Tabakrauchen vermehrt den Mundcatarrh und reizt die Speicheldrüsen; es wird dabei viel Schleim und Speichel ausgespuckt. Da der Speichel zur Verdauung der Kohlenhydrate nöthig ist, (86) so ist jene Ausgabe nachtheilig, also das Tabakrauchen schädlich für solche, welche am Magen leiden. Vergl. *Richardson* die Wirkungen des Rauchens auf den Mund: *The London Dental Review. September 1863.*

69.

Dass eine mangelhafte Beschaffenheit des Kauapparats, z. B. Caries der Zähne oder Mangel derselben; dass Erkrankungen der Speichel- und Schleimdrüsen im Munde zuletzt Veranlassung zu einer Magenkrankheit geben, ist eben so bekannt als leicht erklärlich, und zwar tritt diese ganz besonders bald auf, wenn bei einer Erkrankung der Speicheldrüsen eine Nahrung genossen wird, welche besonders viel Stärkmehl enthält, zu dessen Verdauung normaler Speichel nöthig ist. (86).

Umgekehrt haben solche Kranke häufig schlechte Zähne, theils wegen des Mundcatarrh's, welcher regelmässig auf den Magencatarrh folgt, theils weil beim Aufstossen öfters sehr saurer Schleim in den Mund kommt. Wie oft sieht man bei einer Verschlimmerung des Magencatarrh's die Rebellion eines cariösen Zahns mit heftigem Zahnweh entstehen!

Sonst pflanzen sich bekanntlich die Catarrhe gern von einer Schleimhaut auf die andere fort. Diess hat wohl zu der irrigen Behauptung Veranlassung gegeben, dass der Magencatarrh öfters durch Fortpflanzung eines Mundcatarrh's entstehe. Dem ist durchaus nicht so; es kann der ausgedehnteste Mundcatarrh lange Zeit bestehen, ohne dass je eine Erkrankung ähnlicher Art auf den Magen überspringt. Diese Ausnahme von der Regel kann man nur zu häufig in der Praxis beobachten. Man wird nie finden, dass der Mundcatarrh sich nach abwärts fortpflanzt, dagegen wird man immer sehen, wie zu einem jeden Magencatarrh ein Catarrh des Mundes kommt. Die Sache ist in ätiologischer Beziehung erklärlich. Es kann auf die Mundschleimhaut ein Reiz einwirken und einen Catarrh erzeugen, ohne dass der Magen auch davon zu verspüren bekommt. Die äussern Reize aber, welche den Magen treffen, passirten vordem den Mund. Ferner kommt es beim Magencatarrh häufig vor, dass durch Aufstossen oder Erbrechen scharfe Substanzen in den Mund kommen und die dortige Schleimhaut reizen.

70.

Auch manche Erkrankungen derjenigen Partieen des Verdauungscanals, welche nach dem Magen kommen, können einen nachtheiligen Rückschlag auf den Magen üben. Bei einer Darmkrankheit, welche mit mangelhaften peristaltischen Bewegungen verbunden ist, geht die Fortschiebung des Darminhalts so langsam vor sich, dass auch der Mageninhalt nicht vorwärts kann und indem er zu lange liegen bleibt, abnorme Zersetzungen eingeht, welche Magencatarrhe zu erzeugen vermögen.

Das Leiden an der äussersten entgegengesetzten Grenze des Verdauungscanals, (die Hämorrhoiden), ist gewöhnlich mit einem chronischen Catarrh des Magens verbunden. Nicht als ob der dabei oft vorkommende Catarrh des Rectums in einer Beziehung zu der ähnlichen Erkrankung des Magens stünde; es ist vielmehr der Umstand Ursache an dieser Combination, dass beide Krankheiten häufig die gleichen äussern Ursachen haben, nemlich fortgesetzte Diätfehler.

71.

Bei jedem Fieber entsteht ein Magencatarrh, wenn man nicht die Quantität der Nahrung sehr vermindert, oder wenn man überhaupt die nahrhaften Speisen nicht ganz vermeidet, weil bei dem Fieber weniger Magensaft secernirt wird. *(Beaumont).* Daher der Appetitmangel beim Fieber, daher die Zeichen der Zersetzungen im Mageninhalt, wenn trotz Allem keine Fieberdiät beobachtet wurde.

72.

Die Behinderung des Blutkreislaufs bei Herzfehlern, beim Lungenemphysem, beim pleuritischen Exsudat erzeugt endlich auch eine bleibende passive Blutüberfüllung der Magenschleimhaut, welche dann schliesslich zu einem chronischen Catarrh führt. Es bietet sich tagtäglich Gelegenheit zu beobachten, wie bei obigen Leiden immer auch diese Magenkrankheit mehr oder weniger deutlich auftritt. — Am häufigsten hat man aber Gelegenheit zu sehen, wie bei der Schwangerschaft in Folge eintretender Circulations-Störungen in den Organen des Unterleibs secundär sich ein Catarrh des Magens entwickelt, welcher immer einen chronischen Verlauf nimmt und sich durch sehr hartnäckiges Erbrechen auszeichnet. — Von den Leberkrankheiten ist es insbesondere die Cirrhose, welche regelmässig einen chronischen Magencatarrh zum Begleiter hat.

Aeltere Gewohnheits-Trinker, welche nebstbei auch noch gut essen und wenig arbeiten, lieferten mir das grösste Contingent zur Beobachtung der eben berührten Krankheitscombination.

73.

Es ist bekannt, dass oft Lungenschwindsüchtige zum Arzte kommen um nur «wegen eines schwachen Magens» Klage zu führen. Man darf sich nicht zu der Ansicht verleiten lassen, dass die Zehrkrankheiten schon an und für sich Neigung haben, mit Magencatarrhen Complicationen einzugehen; es sind lediglich nur die hier immer und immer wiederkehrenden schleichenden Fieber Schuld daran. (71). Solche Kranke beobachten die Vorschrift nicht, während eines Fiebers weniger zu essen; sie essen im Gegentheil mehr und recht kräftige Speisen, weil sie meinen, der Abmagerung dadurch zu steuren. So legen sie den Grund zum chronischen Catarrh des Magens, der später auf den Darmcanal fortschreitet, durch Bildung tuberculöser Darmgeschwüre sich auszeichnet und mit erschöpfenden Diarrhoeen die Sache beschliesst.

74.

Es wäre nicht recht, wenn bei diesen allgemeinen ätiologischen Betrachtungen verschwiegen würde, dass schon mancher Magen durch Arzneien ruinirt worden ist, welche in der besten Absicht zur Heilung anderer Krankheiten verordnet wurden. Von der nicht unbeträchtlichen Anzahl solcher Arzneistoffe, welche namentlich dann den Magen verderben, wenn sie planlos lange Zeit verordnet werden, sind besonders hervorzuheben: Die Mineralsäuren, die meisten Metallsalze, der Alaun, die Gerbsäure, der Alcohol. Diese Stoffe schaden nicht allein durch den bedeutenden Reiz, welchen sie auf die Magenschleimhaut zu üben vermögen, sondern durch ihre Eigenschaft, die verdauende Kraft des Magensafts abzustumpfen und die verschiedenen Eiweisskörper in einen Zustand zu versetzen, in welchem sie unlöslich sind.

Sechstes Capitel.

Von der Behandlung der Magenkrankheiten.

I. Allgemeine diätetische Vorschriften.

75.

Die Behandlung der Magenkrankheiten zerfällt in eine diätetische und in eine arzneiliche. Die erstere ist ungleich wichtiger und umfasst zugleich auch den wichtigsten Theil der Regeln, wie man überhaupt die Magenkrankheiten verhüten kann, da ja die meisten derselben durch verkehrte Lebensweise entstehen. Bevor wir zur Besprechung der für die einzelnen Magenkrankheiten passenden Diät kommen, sollen — um Wiederholungen zu vermeiden — die allgemeinen diätetischen Vorschriften gegeben werden.

Um den Magen gesund zu erhalten, oder um einen kranken Magen wieder zu heilen, soll man vor Allem die Ursachen beseitigen, wie sie im vorigen Capitel näher bezeichnet sind. Wenn die Magenkrankheit von einem anderen (heilbaren) Leiden herrührt, so wird sie verschwinden, sobald dieses beseitigt ist. Wenn dagegen die Magenkrankheit von einer fehlerhaften Lebensweise herrührt, so treffe man alsbald Aenderungen.

Der Umstand, dass in England und in Amerika die Magenkrankheiten viel seltener sind, lässt uns die dortige Lebensweise für zweckmässiger erkennen, als die deutsche; es sollte dieselbe noch mehr Nachahmung finden, als es bereits geschieht.

Das englische Frühstück (*breakfast*) besteht aus einem *beefsteak* oder etwas Aehnlichem, worauf erst Kaffee oder Thee folgt. Um 12 Uhr wird ein *Lunch* eingenommen, welcher aus kalten Fleischspeisen besteht.

Das *diner* (Abends 4 Uhr) ist in der Regel einfacher als eine deutsche Mittagstafel. Es kommt hauptsächlich gebratenes Fleisch vor, während die Mehlspeisen meist fehlen. Um 8 Uhr Abends wird *soupirt:* Thee mit Backwerk.

In der Regel wird nach dem *diner* nicht mehr gearbeitet; bei uns kommt nach dem Mittagessen noch die zweite Hälfte der Tagesarbeit.

Man sieht, dass sich die englische und amerikanische Lebensweise dem wichtigsten aller Grundsätze anpasst: Die Zahl der Mahlzeiten ist grösser, man hat nicht nöthig, sich mit allzugrossen Quantitäten auf einmal zu versorgen.

76.

Als erste und wichtigste Vorschrift in der Diät gilt, auf eine zweckmässige Auswahl von Speisen und Getränken zu sehen. Verständige Kranke finden zwar meistens im Verlauf der Zeit von selbst, d. h. ohne Chemie und Physiologie, was sie vertragen und was nicht, und haben gewöhnlich auch einen hinreichend festen Willen, sich zu beherrschen. Mit der Zeit kommen aber die Vorurtheile. Gegen diese und für die grosse Classe derjenigen Kranken, welche es nicht vermögen eigene Beobachtungen über die Zuträglichkeit der von ihnen ohne Weiteres gewählten Nahrungsmittel anzustellen, dient folgende Anweisung:

Die Speisen, wie sie uns auf den Tisch geliefert werden, sind meistens Combinationen von den verschiedensten s. g. Nährstoffen, welche die Chemie classificirt. Die chemische Betrachtung gibt uns über die wichtigsten Eigenschaften derselben Aufschluss: über die Verdaulichkeit und über die Nahrhaftigkeit, und ist entscheidend bei der Wahl der Speisen und Getränke.

Seitdem die *Banting*-Cur auch in Deutschland bekannt geworden, theilt bald jeder Laie die Nährstoffe so ein, wie es die Chemiker, namentlich Liebig, schon vor vielen Jahren gethan und sagt von einer Classe der Nährstoffe «sie geben Kraft», von der anderen «sie machen fett». Ersteres sind die stickstoffhaltigen Nahrungsmittel, die s. g. Eiweisskörper; der Corpulente wählt sich dieselben ausschliesslich zu seiner Nahrung um magerer zu werden. Die anderen, die stickstofflosen Nahrungsmittel, zu welchen die Kohlenhydrate und die Fette gehören, hat sich derjenige zur Nahrung auserkoren, welcher mit seinem bescheidenen Körperumfang nicht mehr zufrieden ist.

Zu den Speisen, welche Eiweisskörper sind oder enthalten, gehören: Die Milch, die Fleischspeisen, die Eier.

Kohlenhydrate sind: Das Stärkmehl, der Zucker, der Pflanzenschleim, die Cellulose; man findet sie in den Mehlspeisen, in den Hülsenfrüchten, in den Kartoffeln, im Obst und in den Gemüsen.

Die Mehlspeisen und die Hülsenfrüchte enthalten fast ebensoviel Eiweisskörper als Kohlenhydrate.

77.

Wenn man die Verhältnisse näher betrachtet, unter welchen im Magen die Eiweisskörper zur Aufsaugung tauglich gemacht werden, so findet man in der Einwirkung des Magensaftes auf dieselben zwei Stadien: Das Aufquellen und die vollständige Lösung. Im ersten Stadium können dieselben noch gefällt und unlöslich gemacht werden durch Säuren, durch Metallsalze und durch Alcohol. Diess gibt uns einen wichtigen Fingerzeig für verschiedene diätetische Vorschriften, worauf wir an geeigneter Stelle weiter eingehen müssen. Im zweiten Stadium sind die Eiweisskörper in die s. g. Peptone verwandelt, welche in Wasser leicht löslich sind und durch obige Substanzen nicht mehr gefällt werden können. Diese Peptone nun sind zur Aufsaugung geeignet.

Wenn allenfalls Eiweisskörper im Magen nicht vollständig in solche Peptone verwandelt worden sind und so in den Darmcanal kommen, dann kann auch noch der Darmsaft diese Umwandlung zu Stande bringen.

Ein kranker Magen secernirt immer noch normales Pepsin; aber in viel geringerer Menge. Diess kann man sich daraus erklären, dass keine Magenkrankheit sich über die ganze Schleimhaut des Magens verbreitet. Man findet bei Sectionen immer noch mehr minder grosse Flächen, welche vollkommen gesund sind. Diese haben natürlich auch normal functionirt und einen gesunden Magensaft geliefert. Es ist daher die Thatsache leicht erklärlich, welche man alle Tage beobachten kann, dass nemlich die Magenkranken kleine Mengen zweckmässig ausgewählter Speisen ganz gut vertragen und vollständig verdauen.

78.

So eben (77) wurde erwähnt, dass gewisse Stoffe die Löslichkeit der Eiweisskörper aufheben und dadurch schwer verdaulich machen. Auch die Eiweissspeisen, welche längere Zeit eine höhere Temperatur bei ihrer Zubereitung auszuhalten gehabt haben, welche — kurz gesagt — vollständig ausgebraten, oder ebenso gesotten wurden, sind schwer verdaulich. Von den gebräuchlichsten Speisen, welche dieses Urtheil trifft, sind hier namentlich folgende besonders hervorzuheben:

Die hartgesottenen Eier,
die deutschen Braten,
das gesottene Rindfleisch.

79.

Dagegen sind die Eiweissspeisen dann am leichtesten zu verdauen, wenn sie entweder in dem Zustande, in welchem sie die Natur liefert, oder wie sie eine rationelle Kochkunst dem Geschmacksinn anpasste, verzehrt werden. Viele von ihnen brauchen so eigentlich gar keine Verdauung, indem sie gerade wie sie sind aufgesaugt werden. Von diesem Gesichtspuncte aus betrachtet sind folgende als die besten Speisen zu empfehlen:

weich gesottene Eier,
englische Braten und
die Milch.

Nach diesen allgemeinen Vorbemerkungen mögen nun die Betrachtungen über jede einzelne Speise, welche im gewöhnlichen Leben eine Rolle spielt, am Platze sein:

80.

Das Fleisch muss von Sehnen und Knorpeln vollständig gereinigt werden.

Der Fettgehalt des Fleisches darf nur ganz unbedeutend sein, da Fett nicht für den kranken Magen passt; was sub 85 näher erörtert ist.

Das Fleisch darf weder von einem sehr jungen, noch von einem zu alten Thiere sein, (im ersten Falle enthält es zu viel Leimsubstanzen, im andern eine zu grobe Faser). — Das Fleisch vom Schweine ist in Misskredit gekommen, nicht allein wegen der Trichinenpanique, welche sich ungerechtfertigter Weise auch über Süddeutschland verbreitete, sondern weil dieses Fleisch einen viel zu grossen Fettgehalt hat, um für jeden Magen tauglich zu sein.

Mit dem ächten *Extractum carnis Liebig* haben sich schon viele meiner Magenkranken längere Zeit und fast ausschliesslich ernährt und sich dabei sehr wohl befunden. Selbst in den schwersten Fällen von Magenkrankheiten, namentlich beim Magenkrebs wurde es sehr gut vertragen, die Kranken fühlten sich davon gesättigt und lobten dessen Schmackhaftigkeit.

Andere assen längere Zeit mit gutem Erfolg rohes Rindfleisch, namentlich vom Rückenstück. Sie liessen es vorher zerhacken und würzten es mit der nöthigen Menge Salz und Pfeffer. Manche haben einen Eckel vor dem rohen Fleische und ziehen die Braten *à l'anglaise* unbedingt vor.

81.

In der Milch ist bekanntlich Käsestoff gelöst enthalten. Sobald die Milch in den Magen kommt, scheidet sich der Käse in Form von Klumpen aus.

Man sieht oft, wie kleine Kinder solche käsige Massen erbrechen, nachdem sie auf eine ungeschickte Weise (zu rasch und zu viel) ihre Milch bekommen haben.

Sind die ausgeschiedenen Käseklumpen gross, (und diess ist der Fall, wenn viel Milch rasch getrunken wurde), dann belästigen sie einen kranken Magen sehr und werden nur langsam oder gar nicht verdaut. Daher rühren die widersprechenden Urtheile über den Erfolg der Milchcuren bei den Magengeschwüren. Wird die Milch in der rechten Weise genossen, werden nemlich nur kleine Portionen auf einmal verschluckt, dann sind diese Curen von gutem Erfolg, dann können sich keine grossen zusammenhängende Käsemassen ausfüllen, sondern nur kleine lockere Klümpchen, über welche selbst ein kranker Magen Meister wird.

In Erwägung dieses Umstandes empfehle ich seit Jahren meinen Kranken, welche die Milchcur durchmachen, ihre Milch niemals zu trinken, sondern Esslöffelweise zu geniessen. Ich scheue mich desshalb nicht, diesen anscheinend pädantischen Rath hier zu erwähnen, weil ich in einigen schweren Fällen von perforirenden Magengeschwüren auf eine angenehme Weise von dessen Zweckmässigkeit überzeugt worden bin.

Das Fett der Milch ist quantitativ zu unbedeutend als dass das sub 85 ausgesprochene Urtheil auch hier anzuwenden wäre.

Die Vorschläge: die Milch immer nur mit Brod essen zu lassen, oder den Kindsbrei als ausschliessliche Nahrung für solche Kranke zu wählen — sind gemacht worden in der richtigen Voraussetzung, dass so der Käsestoff der Milch nie in einen zusammenhängenden grösseren Klumpen gerinne. Es wird später (86) näher begründet werden, dass die Mehlspeisen überhaupt für diese Kranken nicht geeignet, dass also diese Vorschläge Nichts nutz sind.

Es hält schwer, namentlich bei dem Landvolke, die hohe Bedeutung der Milch als Nahrungsmittel zur allgemeinen Anerkennung zu bringen; «man müsse Brod einbrocken und nur von einem dicken Mehlbrei sei man gesättigt». So sagen heut zu Tage die meisten Leute auf dem Lande und leider auch sehr viele in der Stadt, welche sich — zum Unterschiede von jenen — in ihrer Bescheidenheit «Gebildete» zu nennen pflegen. Unter diesen Umständen ist es die Pflicht des Arztes, mit Entschiedenheit und Beharrlichkeit bei der angeordneten Milchdiät mindestens so lange stehen zu bleiben, bis die schönen Erfolge derselben von dem Kranken selbst erkannt werden, was am kräftigsten zieht.

82.

Die Eier sind im weichgesottenen Zustande eine vortreffliche Speise für die Magenkranken, wie schon sub 78 u. 79 angegeben worden ist. In jeder andern Form (hartgesotten, gebacken etc.) sind sie sehr schwer verdaulich.

Ich habe öfters gesehen, wie Magenkranke nach dem Genuss von nur einem hartgesottenen Ei Magendrücken und sogar Magenkrämpfe bekamen, welche erst nachliessen, wenn die *materia peccans* wieder ausgebrochen war.

83.

Die Käse sind vielleicht die schädlichsten Speisen, welche überhaupt Magenkranke geniessen können, nicht allein weil der Käsestoff sich schwer löst im Magensaft, sondern weil die Käse meistens übersalzen sind und allerlei Zersetzungsproducte enthalten, wodurch die kranke Magenschleimhaut gereizt wird.

Es ist sehr volksthümlich, bei mangelhaftem Appetit denselben durch einen pikanten Bissen zu reizen und da wird häufig ein Stück Käse gewählt. Wenn ein Magenkranker diess thut, so kommt Magendrücken und eine schlaflose Nacht, während welcher der Kranke dann ganz ausführlich über die Bedeutung solcher volksthümlichen Regeln nachdenken kann.

84.

Die Leimsubstanzen finden sich vorzugsweise in den *Saucen* und in den *Gelées*. Man erhält sie durch das Auskochen von Sehnen, Bindegewebe, Knochen und Knorpeln.

Die Leimsubstanzen sind sehr leicht verdaulich, namentlich dann, wenn im Magen ziemlich viel Säure vorhanden ist, weil sie zu ihrer Verdauung nur die freie Säure des Magens nöthig haben. Sobald eine Säure auf sie eingewirkt hat, bleiben sie flüssig. Unter diesen Verhältnissen ist es klar, dass die *Gelées* dann einen ganz besonders zweckmässigen Zusatz zu den Fleischspeisen sind, wenn ein Kranker gerade an Uebersäurung des Magens leidet.

Ich erinnere mich an einen Kranken, der fast immer über Sodbrennen zu klagen hatte und der behauptete, dass ihm die säuretilgenden Medicamente weniger gute Dienste leisten, als *Gelée*, wesshalb er auch dieses mit etwas kaltem Kalbsbraten lange Zeit zu seiner ausschliesslichen Nahrung wählte. —

Es ist übrigens strenge darauf zu sehen, dass die *Saucen* nicht fett sind und dass sie namentlich nie überwürzt werden, wie diess in der Küche so gerne geschieht. Es darf nichts als die nöthige Menge Salz dazu gethan werden, sonst zeigt sich bald der Nachtheil, auf welchen bei der Besprechung der Gewürze hinzuweisen sein wird.

85.

Die Fette sind, in den geringen Quantitäten, in welchen sie fast jeder Speise, die wir aus der Küche bekommen, beigemengt sind — nicht schädlich.

Dagegen ist Fett für sich allein in grösserer Menge genossen sehr schädlich. Diess kommt bisweilen bei der Butter vor.

Die Butter kann nur theilweise vom Speichel in eine Emussion verwandelt werden; in diesem Zustande ist sie resorptionsfähig. Diese Resorption geht jedoch immer langsam vor sich und beeinträchtigt noch die sonst rasch vor sich gehende Resorption anderer verdauter Nährstoffe.

Bei weitem der grösste Theil der Butter wird aber nicht emulgirt, sondern setzt sich in Glycerin und Fettsäuren um. Desshalb klagen die Butteresser viel über Sodbrennen.

86.

Indem wir nun auf die Mehlspeisen zu sprechen kommen, wird es passend sein, vorher noch den Verdauungsprocess des Stärkmehls zu erörtern, welches ein wichtiger Bestandtheil derselben ist.

Das Stärkmehl (Amylum) bildet für den Magen eigentlich nur einen Durchgangsposten, indem es keine Umsetzung durch den Magensaft erfährt. Diese Umsetzung geschieht durch den Speichel, welcher das Stärkmehl in Traubenzucker verwandelt. Bei normaler Secretion beginnt diese Umwandlung schon unter dem Einflusse des Mundspeichels und setzt sich dann unter der Einwirkung des Bauchspeichels weiter fort; das Meiste wird aber erst im Darmcanal in Traubenzucker verwandelt. Dieses ganze Geschäft geht namentlich beim gekochten Stärkmehl auf eine Weise vor sich, dass dadurch ein kranker Magen nicht belästigt wird. Die stärkmehlhaltigen Nahrungsmittel belästigen auf eine andere Weise, nemlich durch ihr Volumen und durch die Tendenz des daraus gebildeten Traubenzuckers in saure Gährung überzugehen. Da die Mehlspeisen viel weniger nahrhaft sind, als z. B. Fleisch, Milch und Eier, so werden sie in viel grösseren Quantitäten gegessen. Solch' grosse Mengen belästigen den Magen sehr, es entsteht Magendrücken und Aufstossen und es kommt nicht selten zum Erbrechen. Die Umwandlung des Traubenzuckers in Milchsäure, beziehungsweise in Buttersäure, wird angeregt, wenn grosse Mengen solcher Nahrung lange im Magen liegen bleiben.

Aus dem Gesagten geht hervor, dass die Mehlspeisen bei den Magenkrankheiten nicht passen, erstens wegen der Beleidigung des Magens durch ihr Volumen, zweitens weil sie so leicht die Uebersäurung des Magens bewirken.

Es wird bei der Behandlung der Uebersäurung des Magens noch einmal auf dieses Thema einzugehen sein. (112).

87.

Die Hülsenfrüchte (Bohnen, Erbsen, Linsen) haben nicht nur einen beträchtlichen Gehalt an Legumin und Eiweiss, sondern enthalten ausserdem noch Stärkmehl, Dextrin und Zucker in erheblichen Mengen. Trotzdem sind sie keine passende Speise für Magenkranke, weil die genannten Nährstoffe von starken Zellstoffhüllen eingekapselt werden, welche der Einwirkung des Magensaftes lange widerstehen können. Von den vielen Gemüsen ist nicht ein einziges als Speise für einen Magenkranken passend. Die Gemüse haben fast keinen Nahrungsstoff; der Pflanzenschleim und die Cellulose, welche sie enthalten, gehen unverändert durch den Magen und Darmcanal.

Es ist gebräuchlich, namentlich auf dem Lande, von den Gemüsen grosse Mengen zu essen, aus dem einfachen Grunde, weil sie fast nichts kosten und weil man glaubt, die Menge ergänze das, was der Qualität abgeht. Dass solche Mengen namentlich einen kranken Magen belästigen, ist klar und man weiss allgemein, dass die Magenkrankheiten bei den Gemüse-Essern zu Hause sind.

Die Kartoffeln trifft das eben gefällte Urtheil in hohem Grade; sie enthalten sehr wenig Eiweiss, dagegen viel Stärkmehl und Cellulose. Desshalb sind sie nicht nahrhaft und liefern andererseits viel Material zur Uebersäurung des Magens.

88.

Von den Obstsorten gilt das Gleiche, was eben von den Gemüsen gesagt wurde. Die Trauben haben am meisten Zucker und am wenigsten Cellulose und Pectin; in der Birne nimmt die Menge des ersteren schon um die Hälfte ab, die Menge des letzteren um das Vierfache zu; bei den Aepfeln ist diess noch erheblicher. Somit sind am Ende die Trauben noch die unschädlichste Beigabe zu einem Essen. Uebrigens gibt es so verschiedene Sorten, dass man kaum ein allgemeines Urtheil fällen kann.

89.

Der Kaffee und Thee wird in der Regel mit Milch getrunken. Es ist diess Gemenge sogar häufig der Art, dass die Milch prävalirt. Somit gilt das, was sub 81 über die Milch gesagt wurde, auch hier. Die bekannte aufregende Wirkung, welche Kaffee und Thee auf das Nervensystem haben, tritt dann, wenn Milch dazu genommen wurde, kaum zu Tage. Nicht selten kommen aber Magenkranke mit der Klage, dass sich regelmässig einige Stunden nach dem Frühstück (welches aus Milchkaffee bestund) ihr Zustand verschlimmere, dass sich Sodbrennen und Aufstossen einstelle und dass sie sich recht matt fühlen. Das hat seinen Grund in der allgemein verbreiteten Gewohnheit, den Kaffee schnell und recht warm zu trinken. Bei der Besprechung der Milch als Nahrungsmittel (81) wurde schon darauf hingewiesen, welcher Nachtheil entsteht, wenn die Milch rasch in grosser Menge getrunken wird. Wegen des zweiten Fehlers (wegen der zu hohen Temperatur) wird auf 94 verwiesen.

Gewöhnlich isst man Brod zum Kaffee, oft auch Butter. Da Brod und Butter gern das Material zur Uebersäurung des Magens abgeben, (85 u. 86) so bekömmt in diesem Falle das Frühstück den Magenkranken noch schlimmer als eben gesagt wurde.

90.

Die Gewürze sind durchweg nur für diejenigen, welche einen ganz gesunden Magen haben. Sie reizen die Magenschleimhaut und steigern die Secretion des Magensaftes. Einer gesunden Magenschleimhaut schadet in der Regel ein solcher Reiz nichts, wenn die Sache nicht übertrieben und nicht jahrelang fortgesetzt wird. Bei jeder Magenkrankheit aber steigern sich alsbald die Beschwerden. Man kann diess namentlich deutlich beobachten, wenn ein Kranker, welcher am chronischen Catarrh des Magens leidet, einmal sich dazu verleiten lässt, den fortwährend mangelnden Appetit durch irgend einen stark gewürzten Bissen zu reizen. Alsbald vermehrt sich der Magen- und Mundcatarrh und der Kranke fängt an, fortwährend sauren Schleim auszuspucken. Für die Magenkranken gibt es nur ein geeignetes Mittel, den Appetit zu reizen, das ist — der Hunger.

Der zweckwidrige Name «Dyspepsie» ist offenbar allein daran Schuld, dass überhaupt die Reizmittel eine solch' verbreitete Anwendung bei den Magenkrankheiten fanden. Die unklare Vorstellung von der Sache, welche dieser Benennung zur Last gelegt werden kann, ist auch Ursache an der bekannten Pfeffer- und Senfkörnercur.

Ich mache mir heute noch Vorwürfe, dass ich mich vor Jahren auch habe zu diesen Experimenten verleiten lassen. Niemals habe ich einen Nutzen; regelmässig Verschlimmerung der Krankheit gesehen.

Stark gesalzene Speisen (Häringe, Sardellen, Caviar, Schinken, Käse etc.) werden oft den Magenkranken empfohlen, «um den Appetit zu reizen». Ausser dem eben angedeuteten Nachtheil kommt hier noch weiter in Betracht, dass bei Gegenwart von vielem Kochsalz die Veränderungen, welche die Eiweisskörper bei der Verdauung durchzumachen haben, viel langsamer und mangelhafter von Statten gehen als sonst. (77). Hierin liegt auch das Urtheil über eine weitere volksthümliche Curmethode, mit rohem

Schinken. Nicht allein die Trichinenfurcht hat diese Cur-methode ausser Curs gesetzt, sondern der Nachtheil, welchen sie nach und nach in so hohem Grade stiftete, dass selbst die Laien zur Einsicht kamen.

91.

Die geistigen Getränke insgesammt sind den Magen-kranken zu verbieten, weil der Alcohol die Umwandlung der Ei-weisskörper in Peptone verhindert.

Der zweite Nachtheil, welchen die geistigen Getränke stiften können, entspringt aus ihrer Tendenz, in saure Gährung überzu-gehen, wenn sie in grossen Quantitäten genossen wurden. Nur kleine Mengen von Alcohol können unverändert aufgesaugt und ins Blut übergeführt werden.

Manche Weine haben schon ursprünglich zuviel Säure. Wer z. B. einmal die Ufer des Bodensee's bereiste, der wird gewiss sein Lebenlang daran denken, was er von den dortigen gewöhnlichen Weinen ausgestanden hat. Es kommen dort auch ganz besonders viele Magencatarrhe vor.

Mit dem Branntwein hat es schon Mancher von einem einfachen Magencatarrh zu einem Magenkrebs gebracht.

Es gibt Gegenden, wo das Branntweintrinken noch in einer bedenklichen Weise im Gebrauche ist. Dort kommen die meisten Fälle von Magenkrebs zur Beobachtung. — Auch in den Städten ist gebräuchlich, einen Schluck Kirschenwasser «zum Erwärmen, zur Beruhigung des Magenkrampfes, zur Stärkung des schwachen Magens» u. s. f. zu verordnen. In Frankreich, in der Schweiz und in Norddeutschland ist es Brauch, vor dem Mittagessen ein Glas Schweizerabsinth mit Wasser zu trinken, wenn es am Appetit fehlt. Man glaubt dadurch den Appetit zu reizen und die Verdauung zu stärken. Was hievon zu halten sei, wurde schon gezeigt, als des unbestrittenen Nachtheils Erwähnung geschah, welchen Alcohol auf die Lösung der Eiweisskörper zu üben vermag.

Leider suchen solche Kranke die Quelle der regelmässig nach Tisch auftretenden Verdauungsbeschwerden anfänglich nicht in dem Absinth, sondern haben allerlei andere Dinge an den Spei-sen zu beschuldigen.

Die Biere brauchte man in der Regel wegen ihres Al-coholgehaltes nicht zu verbieten; dieser ist gewöhnlich so ge-ring, dass er keiner Berücksichtigung werth ist. (Er beträgt meist nicht mehr als 1—2%; nur die englischen Biere haben manchmal 3—5%).

Der Nachtheil des Biertrinkens besteht vielmehr darin, dass es meistens in zu grossen Quantitäten geschieht, wo dann

einmal der Magen verkältet und zweitens Veranlassung zur essig-
sauren Gährung gegeben wird.

Das Bier kann ferner allerlei abnorme Beimengungen haben,
welche nachtheilig für den Magen sind. Es liegt nicht im Bereiche
dieser Abhandlung, hierauf weiter einzugehen. Nur die schädliche Wirkung eines Stoffes darf nicht unberührt bleiben, nemlich die Wirkung des ätherischen Oels vom Hopfen, welche man
beobachten kann, wenn ein Bier mit Wasser verdünnt
wurde. Bekanntlich scheidet sich dann dieses ätherische Oel,
das sonst chemisch gebunden war, aus, und manifestirt sich
dadurch, dass das verdünnte Bier viel bitterer schmeckt
als vorher.

Ein Bierbrauer in E.... hatte aus Gewinnsucht sein Bier, das
sonst gut war und starken Absatz fand, mit Wasser verdünnt. Jeder-
mann merkte, dass dasselbe auf einmal einen viel bittereren Geschmack
bekommen. Nach dem ersten Abend, an welchem von diesem Bier
getrunken worden war (und zwar nicht in ungebührlicher Menge,
weil es so bitter schmeckte) klagten mehr als zehn Personen über
die Beschwerden des acuten Magencatarrh's.

Als Anhang zu diesem Capitel mögen noch einige allgemeine
Regeln über die Art zu essen und zu leben aufgestellt werden:

92.

Die Magenkranken sollen sich niemals ganz satt essen
und sollen sich nicht an die üblichen drei Mahlzeiten halten,
sondern öfters im Tage Etwas geniessen. Dass grosse Mengen von Speisen den Magen belästigen, bedarf keiner näheren
Auseinandersetzung. Der Magen ist nachher wie gelähmt, die
Bewegung ist verlangsamt und es wird trotz der grösseren Menge
von Speisen eher weniger Magensaft secernirt als sonst. Von den
Speisen bleibt daher der grösste Theil unverändert längere Zeit
liegen, bis er endlich in Fäulniss übergeht.

Nicht allein desshalb, weil bei Magenkrankheiten überhaupt
weniger Magensaft secernirt wird, können nur geringere Quantitäten verspeist werden; jeder Catarrh hat bekanntlich auch
eine vermehrte Schleimsecretion zur Folge. Ein Theil des Genossenen wird von diesem Schleim überzogen und dadurch so eingehüllt, dass der Magensaft auf denselben nicht einwirken kann.

Da die Verdauung derjenigen Nahrungsmittel, welche für
Magenkranke erlaubt sind, (79) in der Regel in drei Stunden
vorüber ist, so sollen solche Kranke, wie schon gesagt, sich nicht

an die gewöhnlichen Essenszeiten halten, sondern alle 3 Stunden wieder etwas Weniges geniessen.

Nur ausnahmsweise sondert der Magen, wenn er leer ist, Magensaft ab. Es kann nemlich durch Vorstellungen über die Schmackhaftigkeit einer Speise diese Secretion in Etwas angefacht werden; die eigentliche Ausscheidung kommt aber erst recht in Gang, wenn die Speisen in den Magen gelangt sind. Diese Secretion geht um so regelmässiger vor sich, je langsamer gegessen wird; es kommt dann ein Speisetheilchen nach dem andern in Berührung mit dem Magensaft und Alles wird gut verdaut.

Dass fein zertheilte gut gekaute Speisentheile die kranke Magenschleimhaut auch mechanisch weniger reizen, als hastig verschlungene grössere Brocken, ist ohne Weiteres einzusehen.

Da heftige Gemüthsbewegungen die Secretion des Magensaftes hemmen, so dürfen solche Kranke niemals auf einen etwa gehabten Aerger gleich zu Tische gehen.

93.

Dass man es beim Kochen des Fleisches nie zur vollständigen Gerinnung des Albumin kommen lassen darf, wurde bereits erwähnt. — (Siehe sub 78). —

Man muss ferner darnach trachten, dass die Speisen auf alle Arten zerhackt, zerrieben, zerklopft werden. Das ist ganz besonders bei den Nahrungsmitteln aus dem Pflanzenreich nöthig, weil dort die Nährstoffe meist in starke Hüllen von Zellstoff eingekapselt sind.

Das Sieden des Rindfleisches kann auf zweifache Weise geschehen: entweder bringt man das Fleisch gleich in kochendes Wasser, oder man lässt es längere Zeit in lauwarmem Wasser liegen, bevor man es siedet. Im ersten Fall gerinnen die Eiweisshüllen gleich und das Fleisch behält alle Nährstoffe in denselben eingeschlossen; im zweiten Falle löst sich davon ein grosser Theil im Wasser auf. Im ersten Fall ist das Fleisch gut und die Fleischsuppe nichts nutz, im zweiten Falle ist es umgekehrt.

Da es so viele Leute gibt, welche eben Alles auf ein gesottenes Rindfleisch halten, oder auf eine Fleischbrühe, so musste diess Verhalten berührt werden; damit sei aber nicht gesagt, dass gesottenes Rindfleisch dem Rindsbraten vorzuziehen oder auch nur gleichzustellen sei.

94.

So gut man für das Bad einen Thermometer anwendet, ebenso gut gehört derselbe auf den Tisch eines Magenkranken. Von der Temperatur der Speisen hängt es ab, ob die Verdauung recht von Statten geht und ob die Magenschleimhaut keinen nachtheiligen Reiz erfährt.

Wenn die Speisen eine Temperatur haben, welche der Körperwärme gleich kommt; (wenn sie nemlich ungefähr 35° C. oder 28° R. warm sind), dann geht die Verdauung am besten von Statten; auch wird bei diesem Wärmegrad die Magenschleimhaut nicht beleidigt. —

Bei einer zu hohen Temperatur wird die Quellung der Eiweisskörper beeinträchtigt; das gleiche Verhältniss besteht bei den kalten Speisen.

Nicht allein eine kalte Speise kann einen Magencatarrh verursachen (allerdings der häufigste Fall!) sondern auch eine zu hohe Temperatur. Die deutlichsten Beweise liefert die sub 89 gerügte Gewohnheit, den Milchkaffee nur recht warm zu trinken.

95.

Die Magenbewegungen tragen wesentlich zur Verdauung bei, indem dadurch die Speisen nach und nach in allen Theilen mit dem Magensaft in Berührung gebracht werden. Nach *Busch* hören im Schlafe diese Bewegungen auf. Desshalb entsteht die Regel, dass namentlich Magenkranke niemals nach dem Mittagessen einen Schlaf machen und Abends erst einige Stunden nach dem Essen zur Ruhe gehen sollen.

> Dass der Mittagschlaf den Kranken dieser Art nicht gut bekommt, habe ich aus der Zunahme des Mundcatarrh's ersehen, welcher bekanntlich mit dem Magencatarrh gleichen Schritt hält. Ich habe oft beobachtet, wie den Kranken während des Schlafes fortwährend Speichel aus dem Munde lief. —

Das alte Sprichwort: «Nach dem Essen sollst Du stehen oder tausend Schritte gehen» hat also seine Bedeutung und es finden die Magenkranken öfters ohne Anweisung, dass sie besser verdauen und dass sie weniger Magenbeschwerden verspüren, wenn sie — namentlich nach der quantitativ wichtigsten Mahlzeit, nach dem Mittagessen — sich mässige Bewegung durch einen Spaziergang auf ebenem Wege machen. — Ausserdem kann man öfters sehen, dass Magenkranke zu der Zeit, wo die Beschwerden ihres Leidens besonders übel empfunden werden, fast unwillkürlich sich Bewegung machen und sich dabei entschieden besser fühlen, als wenn sie ruhig bleiben.

Passive Bewegung hat dagegen eine nachtheilige Wirkung; die Verdauung geht langsamer von Statten, die Magenbeschwerden nehmen zu und es will das Genossene wieder oben hinaus. Man hat oft Gelegenheit zu sehen, wie das Reisen zu Wagen,

auf der Eisenbahn oder auf Schiffen gleich nach einer reich-
lichen Mahlzeit nachtheilig ist, denn Viele müssen sich alsbald
erbrechen.

Nach einer spärlichen Mahlzeit, oder selbst bei ganz nüchternem Magen können diese Kranken solche Reisen viel besser ertragen.

96.

Schon mancher Magenkranke wurde Jahr und Tag ohne
bleibenden Erfolg behandelt, bis er zufällig oder absichtlich seine
ganze Lebensweise änderte, oder eine ganz andere Beschäftigung wählte.

Leute, welche wenig Bewegung haben, dabei ordentlich essen
und trinken, klagen meistens über einen schlechten Magen. Diejenige Beamtenclasse, welche dazu verdammt ist, das halbe Leben
in Kanzleien zu versitzen, liefert ein grosses Contingent zu den
Magenkranken und eine Aenderung in dem Berufe brachte schon
Manchem mehr als alle Curen und Arzneimittel.

Aehnlich verhält es sich bei denjenigen Handwerkern, welche
den ganzen Tag sitzen. Man findet unter den Schneidern, Schustern
und Nätherinnen ungemein viele, welche am Magen leiden.

In diesen Fällen ist es wohl ohne Weiteres klar, dass man
den Kranken wo möglich die Wahl einer anderen Beschäftigung
anzurathen hat.

97.

Zum Schlusse des Capitels von den diätetischen Regeln folgen hier — selbst beim Bewusstsein, von dem Vorwurf der
Pädanterie getroffen zu werden — noch einige Küchenzettel
für Magenkranke. Der sichtliche Nutzen, welche die strenge be-
folgte regelrechte Diät bringt, mag zur Entschuldigung dienen.

Der Magenkranke messe die Temperatur seiner Speisen mit
einem Thermometer und achte darauf, dass sie nicht mehr und nicht
weniger als 35° C. (28° R.) haben.

Sein einziges Getränk ist gewöhnliches, oder Kohlensäure enthal-
tendes Wasser. Es darf dieses Getränke die gewöhnliche Temperatur
des Brunnenwassers haben. Wenn der Kranke immer nur ganz kleine
Schlücke nimmt, dann ist eine Verkältung des Magens nicht möglich.

Im Besonderen halte er sich an folgende Essenszeiten, bleibe ge-
wissenhaft bei den hier genannten Speisen und überschreite niemals
die beigesetzten Quantitäten.

Um 6 Uhr Morgens. Ein halber Schoppen Milchkaffee (ohne
Zucker, ohne Brod, ohne Butter oder Honig) nicht trinken, sondern
langsam mit dem Löffel essen. (Siehe Satz 81).

Um 9 Uhr Vormittags. Ein weichgesottenes Ei mit der nöthigen Menge Salz, nicht gepfeffert und kein Brod dazu; oder zur Abwechslung eine kleine Tasse Fleischbrühe mit *Extract. carnis Liebig*.

Um 12 Uhr. Ein *Beefsteak à l'anglaise,* nie schwerer als ⅛ Pfund, nicht zu fett, nicht überwürzt, ohne alles Gemüse und ohne Brod. Langsam essen und gut kauen. Da für viele Kranke diese Sorte Fleisch nur selten zu bekommen ist, so kann man Kalbsbraten oder Coteletten substituiren, aber immer nur in der besagten Quantität. —

Um 3 Uhr wie 9 Uhr.

Um 6 Uhr Abends. Ein nicht vollständig ausgebratenes Kalbs-Cotelette, etwa ⅓ Pfund schwer; oder zur Abwechslung ein gleich grosses Stück Kalbsbraten ohne Sauce. (Siehe übrigens 113). Das Alles ohne Gemüse und ohne Brod. Salat ganz besonders verboten.

Um 9 Uhr Abends. Ein weichgesottenes Ei, oder Fleischbrühe mit *Extractum carnis Liebig.* Wenn der Kranke regelmässig in der Nacht einmal erwacht, was bekanntlich bei diesen gewöhnlich der Fall ist, dann nehme er eine Suppe von dem *Extractum carnis Liebig,* oder eine kleine Tasse warme Milch.

98.

Sind die Kranken dazu zu bewegen, dass sie nur einmal ein Paar Tage lang strenge an diesem Speisezettel halten, dann ist Alles erreicht, denn dann verspüren sie selbst den grossen Nutzen der Sache und diess zieht am kräftigsten.

Erst wenn längere Zeit alle Beschwerden der Magenkrankheit ausgeblieben sind, darf eine Abänderung dieses Speisezettels gemacht werden und zwar vorerst nur darin, dass man das Gewicht der gestatteten Fleischspeisen von ⅛ auf ¼ Pfund erhöht.

Dieser Speisezettel ist im Allgemeinen bei jeder Magenkrankheit vorzuschreiben. Es wird im Capitel über die arzneiliche Behandlung die, für den betreffenden Fall, oder für das betreffende Symptom, oder für das Stadium, in welchem sich die einzelne Magenkrankheit gerade befindet, passende Abweichung näher angegeben werden.

II. Arzneiliche Behandlung der Magenkrankheiten.

99.

Bei weitem in den meisten Fällen von acutem Magencatarrl ist jede Arznei überflüssig. Die Krankheit geht bei der rech ten Diät (97) in ein Paar Tagen wieder in Genesung über.

100.

Wenn man nur die Aetiologie etwas genauer überdenkt, s muss man schon darauf kommen, dass die ziemlich allgemei verbreitete Methode, bei jedem acuten Magencatarrh ohne Wei teres ein Brechmittel zu verordnen, verwerflich sei. Derjenig

Magencatarrh, welcher durch eine Verkältung des Magens hervorgerufen wurde, macht niemals ein Brechmittel nöthig; es handelt sich hier niemals um Entleerung schädlicher Stoffe aus dem Magen.

Diese Art von acutem Magencatarrh per Analogie mit diaphoretischen Mitteln heilen zu wollen, heisst auch gar zu arg die Wirkung jener Mittel auf die kranke Magenschleimhaut übersehen. Alle diese Mittel reizen die Schleimhaut und steigern somit die Krankheit. Die s. g. diaphoretischen Manipulationen, wie z. B. heisse Luftbäder, Dampfbäder etc., welche allerdings keinen nachtheiligen Reiz auf den Magen üben, mögen immerhin bei anderen Verkältungs-Krankheiten angewandt werden, hier aber — d. h. bei Magencatarrhen, welche durch Verkältungen hervorgerufen worden sind — haben sie nicht den geringsten Einfluss. Diese acuten Magencatarrhe dauern eben in der Regel drei Tage, mag der Kranke schwitzen oder nicht.

101.

Der Rath, dass ein Mensch, welcher sich durch einen Diätfehler krank gemacht hat, zu seiner Genesung nun fasten müsse, ist eigentlich schon *a priori* klar. Aber es wäre doch sehr überflüssig, wenn man einen solchen Kranken auch noch am zweiten Tag der Krankheit vollständig fasten lassen würde. Um diese Zeit ist der Magen schon von seinem schädlichen Inhalte befreit, sei es in Folge von spontanem Erbrechen, oder weil die Stoffe bereits den Weg in den Darmcanal angetreten haben. Am zweiten Tag dieser Krankheit darf also der Kranke schon wieder etwas von den als geeignet bezeichneten Nahrungsmitteln (97) geniessen, jedoch nur in ganz kleinen Quantitäten. Nach einer jeden solchen kleinen zweckmässig ausgewählten Mahlzeit wird alsbald das Allgemeinbefinden behaglicher; das Eingenommensein des Kopfes, die widerliche Stimmung weichen, was beim fortgesetzten Fasten nie der Fall ist.

102.

Wenn ein Magencatarrh durch schädliche Stoffe fortwährend unterhalten wird, (was man daran erkennt, dass trotz vollständigem Fasten immer wieder Aufstossen eintritt) dann leistet in der That ein Brechmittel vorzügliche Dienste.

Vor Allem achte man darauf, dass man die richtige Dosis nicht verfehle. Wer ein Brechmittel im Leibe hat, welches zur Wirkung nicht hinreicht, verlebt einen qualvollen Zustand. Leute, welche mehr Fleisch- als Mehlspeisen zur Nahrung haben, kommen leichter zum Erbrechen.

Da genügt folgende Dosis:

R.

Pulv. rad. Ipecac. Grm. 3,0.

Aq. foeniculi.

Oxymel Scillae aa Grm. 30,0.

S. Alle Viertelstunden einen Esslöffel v. z. n. bis Erbrechen erfolgt.

Die Mägen derjenigen aber, welche fast nur Mehlspeisen geniessen, (wie diess auf dem Lande meistens der Fall ist), sind oft förmlich ausgekleistert, und reagiren kaum auf obiges Brechmittel. Ich sah mich immer genöthigt, die doppelte Dosis zu verordnen und habe trotzdem die Erscheinungen einer Hyperemesis noch nie beobachtet.

Wegen der nachtheiligen Wirkung, welche der Brechweinstein auf den Magen zu üben vermag, ist für diese Fälle das als Brechmittel sehr gebräuchliche Gemisch von Ipecacuanha und Brechweinstein nicht geeignet.

103.

Im Allgemeinen eignet sich ein Brechmittel nur in der allerersten Zeit der Krankheit. Sind bereits zwei Tage seit dem Diätfehler verstrichen und hat sich der Magen nicht durch ein spontan auftretendes Erbrechen von seinem schädlichen Inhalte befreit, dann kann man mit Sicherheit annehmen, dass die Ingesta Zersetzungen eingegangen haben, welche schon in den Darmcanal übergegangen sind. Es ist dann auch keine Brechneigung mehr vorhanden; dagegen treten jetzt Leibschneiden und Blähungen im Gedärm auf.

Sobald diese Erscheinungen anzeigen, dass die schädlichen Stoffe bereits aus dem Magen fort sind, dann darf kein Brechmittel mehr gegeben werden. In diesem Falle erfolgt gewöhnlich von selbst am dritten, längstens am vierten Tage eine Stuhlentleerung, womit die ganze Krankheit beendigt ist.

104.

Man kann aber auch durch ein passendes Abführmittel diese gleichsam critische Stuhlentleerung beschleunigen. Die meistens noch vorhandene Uebersäurung des Magens lässt uns in keinem Zweifel über die Wahl des Abführmittels. Es passt kein anderes, als die *Magnesia usta,* welche nicht nur die hier sehr erwünschte säuretilgende Eigenschaft alsbald an den Tag legt, sondern auch am leichtesten und sichersten abführt unter allen hier sonst gebräuchlichen Laxantien. Es

entstehen dabei nicht die geringsten Beschwerden. (Leibschneiden).
Die ursprüngliche von *Rademacher* herrührende Formel:

R.

Magnes. ustae Grm. 15,0.

Aq. foeniculi Grm. 200,0.

M. S. Wohl umgeschüttelt alle Stunden 1 Esslöffel

v. z. n. bis zur Wirkung.

darf nicht abgeändert werden, wie diess manchmal geschieht, indem man, — um der Arznei einen besseren Geschmack zu geben, — einen Syrup zusetzt. Der Zucker verbindet sich in diesem Falle mit der Magnesia und es entsteht in Folge dessen in der Mixtur eine Art von *Gelée,* wodurch deren Wirksamkeit sehr beeinträchtigt wird.

105.

Die Rabarber, welche Manche empfehlen, passt in solchen Fällen nicht, weil man viel zu grosse Mengen nehmen müsste, was bei dem bekannten widerlichen Geschmack des Mittels nicht gleichgiltig ist. Bei Magenkrankheiten ist es überhaupt Regel, alle jene Arzneistoffe möglichst zu vermeiden, welche dem Geschmacksinn widerstreben, weil sie gar zu gerne Eckel und Erbrechen erregen; jedenfalls aber den ohnehin regelmässig vorhandenen Appetitmangel noch ärger machen.

Die abführenden Mittelsalze sind Reizmittel für die Schleimhäute und passen desshalb nicht bei schon vorhandener catarrhalischer Affection der Magenschleimhaut. Das Gleiche gilt von dem *Infusum sennae compositum.*

Es gibt gar oft Gelegenheit im practischen Leben, zu beobachten, wie schädlich die abführenden Salze und die Sennablätter in dieser Krankheit wirken. In vielen Gegenden holen sich solche Kranke, wenn sie sich nicht gerade beträchtlich unwohl fühlen, ohne Weiteres in der Apotheke ein Abführmittel und erhalten meist eine Mischung von Bittersalz und Sennablätter. Regelmässig kommen sie dann einige Tage nachher zum Arzte und erzählen, wie sich dadurch ihr Leiden verschlimmert, wie sich namentlich der Mundcatarrh u. Magendrücken bald eingestellt habe und Fieber mit nachfolgenden Schweissen aufgetreten sei. So sichtlich offenbart sich die nachtheilige Wirkung der Mittelsalze auf den Magen.

106.

Von verschiedenen Seiten werden auch beim acuten Magencatarrh das kohlensaure Wasser, ein Glas Bier oder Champagner empfohlen. In kleinen Quantitäten üben diese Getränke einen wohlthätigen Einfluss. Gewöhnlich kommen aber Ueberschreitungen der vorgeschriebenen Quantitäten vor. Vermehrte

Schleimsecretion, namentlich auch im Rachen, zeigt eine Zunahme des acuten Magencatarrh's an. Alldiess ist namentlich der niederen Temperatur zuzuschreiben, welche in der Regel diese Getränke haben.

Zur Behandlung des chronischen Magencatarrh's.

107.

Beim chronischen Magencatarrh soll man nie übersehen, dass überflüssiges Mediciniren in keiner anderen Krankheit soviel Schaden stiftet als hier. Die meisten Arzneistoffe entfalten auf die entzündete Schleimhaut einen neuen nachtheiligen Reiz. Es gibt aber immerhin noch gewisse Verhältnisse, bei denen die Arzneistoffe am rechten Platze sind. Man verordnet dieselben theils in der Absicht, die pathologisch-anatomischen Veränderungen in der Schleimhaut zur Norm zurückzuführen; in den meisten Fällen aber verfolgt man damit nur einen symptomatischen Zweck. —

Die Mittel, welche im Gebrauche sind um die catarrhalische Schwellung, die Blutüberfüllung und vermehrte Absonderung der Schleimhaut zu reduciren, sowie etwaige catarrhalische Geschwüre zu heilen, sind sehr zahlreich. Im Allgemeinen sind es die gleichen, welche man auch bei Catarrhen anderer Schleimhäute anzuwenden pflegt. Doch haben hier von den vielen Mitteln hauptsächlich nur das salpetersaure Silber und der Zinkvitriol bei den practischen Aerzten bleibenden Credit behalten.

108.

Den ersten Rang verdient, wie mir die Erfahrung reichlich gezeigt hat, das salpetersaure Silber. Es gibt beinahe keine Schrift über die Magenkrankheiten, welche dieses Mittel nicht erwähnt und dennoch hört man über dessen Wirksamkeit ganz verschiedene Ansichten, wie auch über die Dosis, in welcher man es verordnen soll. Diess Alles lässt sich wohl nur aus dem Umstande erklären, dass in den Ordinationsnormen, welche im Gebrauche sind, bald mehr, bald weniger von dem Mittel zersetzt wird, bevor es an Ort und Stelle — in den Magen — kommt. Die meisten Formen, in welchen man es zu verordnen pflegt, so namentlich die Pillenform, enthalten eine organische Substanz, welche das salpetersaure Silber zu zersetzen vermag. Auch dann, wenn es ganz einfach in destillirtem Wasser gelöst und ohne Syrup und in *vitro nigro* verordnet wird, kommt es vor, dass sich schon beim Verschlucken ein Theil zersetzt — am Schleim und Speichel der Mundhöhle und des Rachens etc. Die hiebei zu beobachtende Färbung der Lippen und Zähne lässt uns hierüber in keinem Zweifel und war — um es gelegenheitlich hier zu erwähnen — schon oft Veranlassung, dass man von einer solchen Lösung Umgang nahm.

Die einzig richtige Ordinationsnorm, bei welcher man keinen von diesen Missständen zu fürchten hat, ist die Pillenform mit *Bolus alba*. Es lassen sich solche Pillen bei Zusatz von distillirtem Wasser leicht formen, das salpetersaure Silber wird durch die *Bolus alba* nicht im geringsten verändert und gelangt — in dieselbe eingehüllt — unversehrt (d. h. ohne vorher durch die Flüssigkeiten des Mundes und der Speiseröhre irgend welche Zersetzungen erfahren zu haben) in den Magen. Dort löst sich diese Pillenmasse leicht auf, das salpetersaure Silber wird frei und befähigt zur directen Einwirkung auf die kranke Stelle. Die *Bolus alba* geht unverändert und ohne jede Belästigung durch den Darmcanal ab.

Die Formel, in welcher ich seit Jahren das salpetersaure Silber mit dem besten Erfolge ordinirte, ist folgende:

R.

Argent. nitric. Grm. 0,3.

Bol. alb. Grm. 4,0.

Aq. destillat. q. s.

ut. f. pilulae 30.

Consperg. Bol. alba.

S. Morgens nüchtern 3—10 Pillen z. n.

Flemming hat in der *Med. Times and Gaz. January. 29 th. 1859,* als er den Höllenstein so dringend empfohlen, den wichtigen Rath gegeben, das Mittel immer nur bei nüchternem Magen nehmen zu lassen, damit es nicht vom Speisebrei eingehüllt und brach gelegt wird; ferner hat er angeordnet, dass der Kranke, nachdem er das Mittel eingenommen, sich niederlegen und sich öfters umdrehen soll, damit dasselbe überall hinkomme, wo die Schleimhaut erkrankt ist. Auf diesen Rath soll man jedesmal aufmerksam machen, so oft man einem Kranken das Mittel gibt. —

Von den Pillen wurden anfangs 3 Stück gegeben. Je nach der Individualität und der Hartnäckigkeit des Leidens kann man dreist die Gabe vermehren auf 6 ja 10 Stück, welche also die grosse Dosis von Grm. 0,1 enthalten. Ich habe niemals Nachtheil, sondern nur entschieden günstige Erfolge von dieser Verordnung gesehen. Welche weitere Regeln bei der Höllensteincur zu beobachten sind, wird später (110) auseinander gesetzt werden.

109.

Das zweite Mittel, welches sehr oft mit gutem Erfolge bei chronischen Magencatarrhen versucht wurde und das bekanntlich auch bei anderen Catarrhen eine sehr ausgedehnte Anwendung hat, ist das *Zinc. sulphuric.*

Beim Magencatarrh eignet sich folgende Vorschrift:

R.

Zinc. sulphuric. Grm. 0,2—0,3.

Aq. destillat. Grm. 100,0.

Aq. Amygdal. amar. Grm. 2,0.

S. Eine halbe Stunde vor jedem Essen, (also wo möglich immer bei leerem Magen) einen Esslöffel v. z. n.

110.

Die beiden, soeben näher bezeichneten Mittel müssen immer längere Zeit fortgebraucht werden; es tritt niemals so rasch eine Heilung ein, als man es wünscht. Während des Gebrauchs habe man ein wachsames Auge auf den Kranken; zeigt sich je eine Vermehrung des Mundcatarrh's, dann setze man das Mittel aus. Wenn man nach mehreren Wochen wider Erwarten keinen Erfolg beobachten sollte, dann bleibe man nicht länger bei Einem Mittel stehen, sondern versuche ein anderes. Man prüfe aber vorher, ob nicht etwa der mangelhafte Erfolg einer Nachlässigkeit des Kranken in Betreff der Diät zuzuschreiben sei; ein Fall, welcher nicht selten vorkommt.

Bevor wir zur Besprechung der symptomatischen Behandlung übergehen, müssen noch ein Paar Mittel erwähnt werden, die zwar allgemein im Gebrauch, aber — nichts nutz sind:

In vielen Gegenden legen sich die Kranken grosse Pechpflaster auf die Magengrube und — weil der Magenschmerz manchmal auch auf dem Rücken empfunden wird, — ein zweites auf den Rücken. Diese Pechpflaster zeichnen sich durch Nichts aus, als dass sie eben so fest kleben, wie die Magenkrankheiten.

Sehr oft wird ferner ein Vesicator, oder gar ein Fontanell auf die Magengrube verordnet. Diese Quälereien leiten eine Zeit lang die Aufmerksamkeit des Kranken auf sein geschundenes Epigastrium ab, ohne auf den Verlauf der Magenkrankheit auch nur den geringsten Einfluss zu entfalten.

111.

Was nun die symptomatische Behandlung des chronischen Magencatarrh's anbelangt, so sind unter den mannigfaltigen Symptomen mehrere, welche keine besondere Aufmerksamkeit verdienen, keine Arzneiverordnung nöthig machen, weil sie in der Regel schon in ein Paar Tagen von selbst wieder verschwinden. Die andere Reihe von Symptomen aber erlangt nicht selten eine solche Bedeutung, dass ein entschiedenes Handeln nöthig und die symptomatische Behandlung dieser Krankheit oft zur wichtigsten wird.

112.

Bevor wir an die Würdigung solcher Theilerscheinungen der Krankheit kommen, mag es am Platze sein, darauf aufmerksam zu machen, dass die Kranken, welche an einem chronischen Catarrh des Magens leiden, durch alle jene Schädlichkeiten, welche einen acuten Catarrh hervorzurufen im Stande sind — also durch Diätfehler, durch Verkältungen des Magens — eine meist sehr erhebliche Steigerung der schon bestehenden Krankheit erfahren. Es kommt, wenn man so sagen darf, gleichsam ein neuer acuter Catarrh zum chronischen hinzu. Dass in einem solchen Falle im Allgemeinen auch jenes therapeutische Verfahren angezeigt ist, wie es schon beim acuten Catarrh angegeben wurde (99 u. f.) bedarf keiner weiteren Auseinandersetzung. Dabei ist aber eine ganz besondere Vorsicht für die Verordnung eines Brechmittels dringend zu empfehlen, da es schon vorgekommen ist, dass ein Brechmittel die heftigste Magenblutung veranlasste. Das kann in jenen Fällen sich ereignen, wo schon ein Geschwür den chronischen Catarrh des Magens complicirt.

113.

Von den vielen Symptomen des chronischen Magencatarrh's, welche von Zeit zu Zeit so in den Vordergrund treten, dass man bei der Behandlung der Krankheit die ganze Aufmerksamkeit auf dieselben zu verwenden genöthigt ist, verdient vor Allem die Uebersäurung des Magens eine genauere Würdigung.

Fast immer reicht schon eine rationelle Auswahl der Speisen aus zur Verhütung oder Sistirung der Uebersäurung des Magens. Man verbiete alle Speisen, welche Kohlenhydrate sind oder enthalten, also insbesondere alle Mehlspeisen und Brod; da diese — wie an geeigneter Stelle auseinander gesetzt wurde — leicht in saure Gährung übergeführt werden können. Auch darf keinerlei Obst gegessen werden, weil darin oft erhebliche Mengen von Säure (Apfelsäure, Weinsäure u. A.) enthalten sind. Ebenso sind die geistigen Getränke zu vermeiden, da sie gerne in saure Gährung übergehen, oder schon Säure enthalten.

Man erlaube zu derjenigen Zeit, wo Uebersäurung des Magens entsteht, nur Fleisch mit den Leimsubstanzen (Gelées) und Eier. Die Milch ist hier desshalb nicht am Platze, weil die in grosser Menge vorhandene Säure die Gerinnung des Käsestoffes allzusehr begünstigt und die — namentlich in der Kinderpraxis bekannte — Verkäsung des Magens bewirkt.

114.

Von den Mitteln, welche direct die schädliche Wirkung der zuviel vorhandenen Säure im Magen abstumpfen können, gibt es zwei Classen; die eine neutralisirt die Säure, die andere verdünnt sie und mindert auf diese Weise ihre lästigen Wirkungen.

Obenan steht die *Magnesia usta.* Da zufälliger Weise manchmal Stuhlverstopfung mit der Säurebildung verbunden ist, so eignet sich die schon oben (sub 104) angegebene Form und Dosis am besten. Ist aber der entgegengesetzte Fall vorhanden, dann passen kleine Dosen von *Magnesia.* Hier ist besonders das *Pulv. Magnesiae cum Rheo* sehr geeignet, welches man messerspitzweise in einem halben Trinkglas frischen Wassers nehmen lässt, so oft ein saurer Ructus kommen will.

Das doppelt kohlensaure Natron ist dann am Platze, wenn es sich allein um Neutralisirung der Säure und nicht um Beförderung der Stuhlentleerung handelt.

R.

Natr. bicarbon. Grm. 1,0.

Elaeosacch. Menthae pip. Grm. 0,5.

M. f. pulv. D. t. Doses 10.

S. Beim Sodbrennen ein Pulver z. n. —

Die noch immer gebräuchlichen *Conchae praeparatae* sind ein ganz schlechtes Präparat, da sie (wie *Schlossberger* zuerst ermittelt hat) unter dem Microscop gesehen, auch als feinstes Pulver noch die für den Mageninhalt unzerstörbare Textur bewahren.

Das einfachste Mittel, die lästige Wirkung der überschüssigen Säure abzustumpfen ist jedoch — frisches Wasser. Man trinke jedes Mal zu der Zeit, wo sich wieder Sodbrennen einstellen möchte, etwa ein halbes Trinkglas voll. Augenblicklich wird die Wirkung der Säure abgestumpft, das lästige Sodbrennen lässt gleich nach, ja es verschwindet oft für lange Zeit.

Manche verordnen auch das im *Liebig*'schen Kruge bereitete, oder ein natürliches Kohlensäure haltiges Wasser als Mittel gegen die Magenübersäurung. Es ist nicht zu begreifen, was die Kohlensäure an der überschüssigen Säure des Magens zu Stande bringen soll; nur das Wasser als solches hat die eben erwähnte vortreffliche Wirkung.

Der Hustenreiz, welcher gewöhnlich mit dem sauren Aufstossen vorkommt, stiftet bei dem Laien gar oft grosses Unheil. Gegen den Husten werden ihm ja bekanntlich allerlei Zuckerarten, Syrupe, Malzpräparate etc. empfohlen. Nimmt er von diesen Sachen, so steigert sich sein Leiden, denn alle diese Dinge haben die Tendenz zur Säurebildung und die überschüssige Säure ist es ja gerade, welche diese Art von Husten hervorruft. Hierüber hat man diesen Patienten Vorstellungen zu machen. Oft hören sie gläubig zu und leben darnach. Manche aber sind unempfänglich für die Wahrheit und husten fort — zur Ehre des *Hoff, Stollwerk, Mayer u. Comp.*

115.

Mit der Darreichung der säuretilgenden Mittel hat es eine eigenthümliche Bewandtniss. Man achte wohl darauf, dass das rechte Mass nicht überschritten, dass nicht alle Säure, welche sich im Magen vorfindet, neutralisirt wird. Wenn auf der Zunge ein milchweisser blasiger Schleim sich ansammelt und ein eckelerregender, eigenthümlich süsslicher Geschmack empfunden wird, dann ist zuviel Säure neutralisirt worden. Da das Pepsin nur bei Gegenwart einer gewissen Normalquantität und Normalstärke der freien Säure die Eiweisskörper zu verdauen vermag, so geht jetzt ein Theil in Fäulniss über. Einige Eiweisskörper verlangen sogar einen Ueberschuss von Säure, so das Legumin und Albumin. Es ist desshalb bei dieser Nahrung besonders strenge darauf zu achten, dass mit den *Antacidis* nicht zu weit gegangen wird.

Man hat in der ärztlichen Praxis nicht so selten Gelegenheit zu beobachten, wie durch irgend ein Mittel zuviel Säure gebunden wurde, weil es viele Kranke gibt, die gerne des Guten zu viel thun. Wenn z. B. von der Schüttelmixtur von *Magnesia usta* (S. 104) mehr genommen wurde, als nöthig war, um einmal flüssigen Stuhl zu bewirken, dann kann man sicher darauf rechnen, dass die oben geschilderten Zeichen des der Pyrose entgegengesetzten Status alsbald sich zeigen.

116.

Ist nun wirklich dieser Fall eingetreten, dann darf man doch weder eine Säure noch eine saure Speise verordnen, noch eine Nahrung anweisen, welche zur Säurebildung tendirt; denn es gleicht sich alsbald das Missverhältniss von selbst wieder aus. Jede Speise, sie mag heissen wie sie will, spornt den Magen zur Absonderung von neuer Säure an. Man bleibe also auch in diesem Falle bei einer nur aus Eiweisskörpern bestehenden Nahrung. Der Rath, hier solche Nahrungsmittel zu wählen, welche leicht in Säure verwandelt werden, wie z. B. Kartoffelbrei, stammt nicht aus der Praxis. Wer den Verlauf dieser Krankheit beobachtet hat, der weiss, wie gerne sich Uebersäurung einstellt, selbst wenn von Aussen kein Material dazu geliefert wurde und wie froh der Kranke ist, wenn er wieder einmal einige Zeit von dem widerlichen Zustande der Uebersäurung frei ist. —

117.

Wenn bei einem chronischen Magencatarrh die Neigung zur Diarrhoe anhält, so ist in der Regel eine länger bestehende Uebersäurung des Magens daran Schuld. Es kommen fortwährend saure Entleerungen vom Magen in den Darmcanal, welche diesen Letzteren zu vermehrter Secretion und vermehrter peristaltischer Bewegung veranlassen, deren Folgen eben diarrhoische Stühle sind. Diese Stühle zeichnen sich durch einen eigenthümlich sauren Geruch aus. Eine solche Diarrhoe wird durch kein anderes Mittel so sicher gestillt, wie durch kleine Gaben der *Magnesia*. (Siehe sub 114). Es darf aber eine solche Diarrhoe niemals plötzlich gestillt werden, da sonst schädliche Zersetzungsproducte zurück bleiben.

Man kann mit Bestimmtheit annehmen, dass durch eine Diarrhoe, welche bereits 24 Stunden mit aller Heftigkeit fortbestanden hat, alle jene schädlichen Stoffe entfernt sind, welche überhaupt den Weg nach abwärts eingeschlagen haben. Die Stühle enthalten zuletzt nichts mehr als wässrigen Schleim.

Das noch in gleicher Heftigkeit anhaltende, oder manchmal sich noch steigernde Leibschneiden erheischt jetzt neben den säuretilgenden Mitteln noch die Anwendung des Opiums. Man hat nicht zu übersehen, dass Eine grosse Dosis Opium auf einmal gegeben, keine verstopfende Wirkung, sondern eine narkotische hat. Kleine Gaben, welche in grösseren Intervallen gegeben werden, entfalten dagegen sicher neben der besänftigenden auch die stopfende Wirkung.

In einfachern Fällen eignet sich also eine Mandelölemulsion mit Opiumtinctur. Wird aber die Diarrhoe hartnäckiger, dann verordne man noch Alaun dazu.

R.

Opii Grm. 0,02.
Alum. Grm. 0,3.
Pulv. gummos. Grm. 0,5.
M. f. pulv. D. t. Dos. 10. S: Alle 3 Stunden ein Pulver z. n. —

118.

Das Erbrechen, welches manchmal bei dieser Krankheit auftritt, darf man nicht immer gleich bekämpfen, weil dadurch schädliche Ingesta am besten und auf dem nächsten Wege entfernt werden. Dauert aber das Würgen fort, nachdem der Magen bereits leer ist, (so dass in dem Erbrochenen schon der Inhalt von tiefer gelegenen Theilen des Verdauungsrohrs, wie z. B. Galle, sich zeigt) dann sind die *Opiate* durch Nichts zu ersetzen.

Es passt hier namentlich die subcutane Application derselben, denn innerlich genommen werden sie durch das Erbrechen manchmal wieder entleert, bevor sie zur Wirkung gekommen sind. Zugleich lasse man den Kranken recht kaltes Kohlensäure haltiges Wasser trinken. Der regelmässig sich einstellende Durst wird hiedurch allein gelöscht. Gewöhnliches Wasser kommt solchen Kranken fade vor und macht ihnen Eckel. Manche erzählen, dass sie darauf ein eigenthümliches kitzelndes Wärmegefühl im Schlund und Magen verspüren, worauf sich dann das Erbrechen wieder einstelle. Diess wurde sogar auf das Verschlingen von Eisstückchen verspürt. Beim Kohlensäure haltigen Wasser aber kommt so Etwas nie vor; es verspüren die Kranken darauf eine Art Kälte im Magen und schnellen Nachlass des Brechreizes.

Wo man kein solches Wasser haben kann, sind Brausepulver zu verordnen.

Noch ist hier zu erwähnen, dass Einreibungen oder Aufträufeln von Chloroform in die Magengrube sichtlich gute Dienste leisten zur Bekämpfung des Brechreizes; dieses Mittel ist namentlich bei dem Erbrechen der Schwangeren schon längst in gutem Ruf.

119.

Es wurde gezeigt, wie leicht man der Uebersäurung des Magens zu steuren vermag. Schwerer ist nun die Aufgabe, der im Magen vor sich gehenden Zersetzung der Eiweisskörper Einhalt zu thun, wenn sie einmal um sich gegriffen hat und diess durch den bekannten üblen Geruch aus dem Munde offenbart.

Man hat den Rath gegeben, in solchen Fällen, wo sich jene Zersetzungen einzustellen pflegen, nur eingesalzene und geräucherte Fleischspeisen zu essen. Es ist allerdings richtig, durch Einsalzen und Räuchern werden die Fleischspeisen vor Fäulniss bewahrt, und es ist diess practisch wohl zu verwerthen für die Aufbewahrung des Fleisches in der Fleischkammer; im Magen dagegen kommen schon andere Verhältnisse mit ins Spiel. Das Pöckelfleisch ist nicht nur sehr schwer verdaulich (90), sondern übt auch einen sehr merkbaren nachtheiligen Reiz auf die kranke Magenschleimhaut aus. —

Der beste Rath ist unstreitig der, dafür zu sorgen, dass der Kranke immer nur recht wenig auf einmal esse.

Kleine Quantitäten werden gut verdaut. Nur bei zu grossen Nahrungsmengen geht der Ueberschuss in Fäulniss über.

Hat aber eine solche Zersetzung einmal begonnen, dann schreitet sie eben unaufhaltsam fort, beschränkt sich nicht allein auf die etwa in zu grosser Menge genossenen Eiweisskörper, sondern ergreift auch den von der kranken Schleimhaut in der Regel in vermehrter Menge abgesonderten Schleim, und es entleeren sich auf allen Wegen, auf- und abwärts, deren Producte. Fastet der Kranke, dann muss die Sache natürlich zuletzt aufhören; kommt aber immer wieder neue Nahrung von Eiweisskörpern hinzu, dann auch immer wieder neue Zersetzung, da das Vorhandene als ein sehr thätiges Ferment wirkt. Hier kann man nun einen Versuch machen mit denjenigen Nahrungsmitteln, welche keine Eiweisskörper enthalten. Der Kranke esse einen oder höchstens zwei Tage lang nichts als Kartoffelsuppen. Länger darf diess nicht geschehen, da sonst Uebersäurung des Magens entsteht.

Von den vielen Arzneimitteln, welche zur Verhinderung der Fäulniss der Eiweisskörper im Magen von mir schon versucht worden sind, hat sich der Arsenik immer am besten bewährt. Der Arsenik ist überhaupt ein wichtiges Arzneimittel bei Magenkrankheiten, nicht allein weil er den abnormen Zersetzungen im Magen mehr zu steuern vermag als alle anderen, sondern weil er auch eine entschieden anticardialgische Wirkung äussert und zudem noch ein kräftiges Reizmittel für eine träge Verdauung ist.

R.

Acid. arsenicos. Grm. 0,06.
Opii. Grm. 0,2.
Sapon. medic. q. s.
ut. f. pilulae. 16. Consp. Lycopod.

S. Täglich (nach dem Mittagessen) eine Pille z. n.

Zu den vielen anderen Arzneistoffen, welche noch in der Absicht verordnet zu werden pflegen, die Zersetzung der Eiweisskörper zu verhindern, gehören namentlich das Kochsalz, das Kreosot, das Tannin, die Mineralsäuren, das salpetersaure Silber und der Zinkvitriol.

Wie bereits an verschiedenen Stellen dieser Abhandlung angedeutet wurde, zeichnen sich die ersteren Arzneistoffe durch ihre nachtheilige Wirkung auf den Verdauungsprocess in einer Weise aus, dass dadurch ihre unbestrittene fäulnisswidrige Wirkung sehr verdunkelt wird. Bei einigen derselben (Kochsalz, Kreosot) sieht man schon auf den ersten Blick, dass ihre Lobredner den Magen für eine Art von Rauchkammer oder Beiztrog angesehen haben, wo man allerdings das Fleisch durch Kochsalz Kreosot und Rauch in einen Zustand versetzen kann, in welchem es der Fäulniss länger widersteht. Im Magen aber — da lässt sich nicht ungestraft Pöckelfleisch fabriciren, denn Kochsalz und Kreosot hemmen die Verdauung und reizen die kranke Schleimhaut des Magens in sehr nachtheiliger Weise.

In Betreff der Mineralsäuren ist nur daran zu erinnern, dass bei dieser Krankheit ohnehin gern eine Uebersäurung des Magens entsteht. Dagegen ist ein Versuch mit Höllenstein oder Zinkvitriol am Platze, namentlich im Hinblick auf die andern guten Eigenschaften dieser Stoffe. (Siehe 108 u. 109).

120.

Die Reizmittel für die Verdauung spielten einst eine grosse Rolle. Die «Dyspeptiker» wussten von nichts Anderem und trieben einen wahren Unfug damit, weil ihnen ja der zweckwidrige Ausdruck «Dyspepsie» vor Allem Veranlassung gab, die «schwache Verdauung» anzuspornen. Seitdem man von den anatomischen Veränderungen der kranken Magenschleimhaut mehr kennt, ist man weit vorsichtiger geworden und hat nicht mehr so gedankenlos nach den Reizmitteln gegriffen.

Diese Mittel zerfallen in zwei Classen: Gewürze und reizende Arzneistoffe. Am meisten kommen noch die ersteren in Anwendung. Die Gewürze (und die gewürzten, s. g. pikanten Speisen und Getränke) sind es namentlich, zu welchen die Kranken oft von selbst ihre Zuflucht nehmen. Es wurde bereits im Capitel über die Diät (90) ein Näheres über diese Gewürze gesagt. Das Alles passt nun ebenso für die 2. Classe von Reizmitteln — für die reizenden Arzneistoffe. Auch für diese gilt die Regel, dass man es wohl zwanzig Mal überlegen soll, bevor man sie verordnet; und hat man jemals sich dazu verstanden, so sollen sie ja nie längere Zeit fortgebraucht werden. Beobachtet man diese Vorsicht, so wird man gewöhnlich die Nachtheile nicht zu beklagen haben, welche diese Mittel auf einen kranken Magen mit der Zeit entfalten.

Es gibt allerdings Fälle, bei welchen die Erscheinungen des Magencatarrh's oder -Geschwürs oft so in den Hintergrund treten, dass der Kranke fast über Nichts mehr zu klagen hat, als über den Mangel eines guten Appetits. In diesen Fällen mag denn einmal ein kurzer Versuch mit einem «Reizmittel» gemacht werden. Das einfachste und unschädlichste Mittel der Art sind die Pfeffermünz-Zeltchen. Man trifft Magenkranke, welche das ganze Jahr, selbst auf Reisen, solche Zeltchen bei sich führen. Mit diesen Dingen wird wohl nicht leicht Etwas geschadet werden. Die bekannten bittern Ansätze aber, welchen man mitunter den verführerischen Namen «Magenbitter» gab, sind mit grosser Einschränkung zu versuchen, da der Alcohol die gute Wirkung der bitteren Stoffe wieder aufhebt. (Siehe 77).

Wirksamer und in Folge dessen bei einem ungeeigneten Gebrauche auch nachtheiliger sind die bitteren Extracte, z. B.

R.

Extract. Absinth. Grm. 10,0.
Aq. Menth. pipt. Grm. 100,0.
Tinct. Aurant. Grm. 5,0.
D. S. Kurz vor dem Mittagessen einen Esslöffel v. z. n.

Das mächtigste Mittel «den Magen zu reizen» ist aber die *Ipecacuanha in refr. dosi.*

Folgende zwei Receptformeln wandern unendlich häufig in die Apotheken:

R.

Pulv. rad. Ipecac. Grm. 0,06.
Pulv. rad. Rhei Grm. 0,2.
Elaeosacch. Menth. Grm. 0,6.
M. f. pulv. D. t. Dos. 10. D. S. Kurz vor jeder Mahl-
zeit ein Pulver z. n. —

Ferner:

R.

Infus. rad. Ipecac. Grm. 0,3.
col. Grm. 120,0.
Tinctur. Rhei aquos. Grm. 40,0.
Natr. bicarbonic. Grm. 4,0.
Syr. Menthae Grm. 30,0.
M. D. S. Alle 2 Stunden einen Esslöffel v. z. n. —

Dieses — sehr gebräuchliche — Vielgemisch enthält gar Alles in Allem: ein Reizmittel, ein leichtes Abführmittel, ein Antacidum. Was will man noch mehr?

Wenn die Ordination trotzdem keine Wirkung äussert, wenn regelmässig auf eine Mahlzeit, selbst auf eine quantitativ und qualitativ sehr passende, Magendrücken und saures Aufstossen die mangelhafte Verdauung anzeigen, dann pflegt man zu verordnen:

R.

Pulv. rad. Ipecac. Grm. 0,06.
Natr. bicarbonic. Grm. 0,6.
M. f. pulv. D. t. Dos. 10. S. Nach jeder Mahlzeit ein
Pulver z. n.

Ueber *Strychnin, Nuces vomicae, fabae Sancti Ignatii,* welche Mittel hauptsächlich in den französischen Abhandlungen über „Dyspepsie" gerühmt sind, fehlen mir eigene Erfahrungen; ich gestehe, ich habe es nie dazu bringen können, mit solchen Mitteln zu experimentiren

Das Arzneimittel, welches anfangs der 50er Jahre von Frankreich zu uns gekommen, nachdem es dort eine sehr vornehme

«Dyspepsie» geheilt hatte, das s. g. *Pepsin*, hat wie alle neuen Besen, anfangs auch gut gekehrt. Nur zu bald verstummten aber seine Lobredner. *Corvisart* hat gleich, wie diess in Frankreich bei jedem neuen Mittel der Fall ist, eine ganze Auswahl von Com bi n a ti o n en mit andern Mitteln angegeben, in welchen man das *Pepsin* verabreichen soll:

1. *Poudre noutrimentive n e u t r e,*
2. *Poudre noutrimentive acidulée,*
3. *Poudre noutrimentive à la Strychnine,*
4. *Poudre noutrimentive à la Morphine,*
5. Ein *Syrupus Pepsini* (mit *Syr. Cerasor*).

Ich habe nach und nach mit allen diesen und noch verschiedenen andern Formeln in einer grossen Anzahl von Fällen Versuche gemacht. Es wurde auch stets dafür gesorgt, dass das Mittel in möglichst guter Waare aus bester Quelle kam. Anfangs war das französische mit Stärkmehl gemengte Pepsin ausschliesslich im Gebrauche; nachher benützte ich die reineren deutschen Sorten, namentlich das von *Lamatsch* auf mechanischem Wege dargestellte Pepsin.

Weder bei gesundem Magen noch bei irgend einer Erkrankung desselben habe ich das Glück gehabt, eine Wirkung vom s. g. *Pepsin* zu sehen. Niemals hat sich die Verdauung verbessert; niemals haben die Beschwerden einer Magenkrankheit darauf nachgelassen. Ich beklage heute noch, dass ich nicht früher aufgehört habe, mit einem so theuren Arzneistoffe zu experimentiren, zumal da mir doch wohl bekannt war, dass keine der bis jetzt bekannten Methoden ein wirklich reines Pepsin zu liefern vermag.

Von der Behandlung des chronischen Magencatarrh's, wenn es zur Geschwürsbildung gekommen ist.

121.

Wenn in Folge eines Magengeschwürs eine Magenblutung auftritt, hat man vorerst nur die Aufgabe, diese zu stillen. Erst nachher kommen die Mittel zur Heilung des Geschwürs. Der Kranke beobachte die grösste körperliche und geistige Ruhe; er geniesse gar Nichts als alle Stunden ein Paar Esslöffel voll Milch von 35° C. (28° R.) Auf dem Lande nehmen die Leute die Milch warm von der Kuh weg, weil sie keine Thermometer haben! Erst wenn längere Zeit kein Blut mehr kommt, darf man zu einer andern Nahrung übergehen. (97).

Die K ä l t e ist auch hier ein wichtiges Mittel zur Blutstillung, man lässt desshalb recht kaltes Wasser, oder besser Eisstücke verschlucken und macht kalte Umschläge über die ganze

Magengegend. Dabei verordnet man **Alaun** mit Opium in der bekannten Form und Dosis. — Obgleich der Alaun einer von jenen Arzneistoffen ist, welche die Verdauungskraft des Pepsins aufheben, so kann man denselben bei solcher Gefahr doch nicht entbehren, weil er stets seine blutstillende Wirkung auf eine so glänzende Weise entfaltet, dass ihm kein anderes Stypticum gleichgestellt werden kann. Man soll aber wohl darauf Acht haben, dass er nie längere Zeit fortgebraucht wird, als bis die grösste Gefahr der Blutung vorüber ist. — Nicht so augenfällig ist die Wirkung des gerühmten *ferrum sesquichloratum*.

R.

Ferri. sesquichlor. solut. Grm. 2—5.
Aq. destillat. Grm. 150.
S. Alle ½ Stund 1 Esslöffel v. z. n. —

Man kann in diesen Fällen öfters die Beobachtung machen, dass jede Substanz, sie mag heissen wie sie will, also schon ein kleines Alaun-Pulver, oder ein kleines Stückchen Eis, ja selbst ein Schluck Wasser, zum Brechen reizt, somit die Gefahr der Blutung steigert. In solchen Fällen muss man von jeder **innerlichen** Darreichung von Mitteln abstehen, sich auf kalte Umschläge über die ganze Magengegend beschränken und zur Beruhigung, zur Besänftigung eines etwaigen Würgens das *Morphium* **subcutan** appliciren.

Es sind mir viele Fälle im Gedächtniss, wo schon ein Schluck kaltes Wasser das Würgen wieder anregte oder steigerte und die Gefahr der Blutung vermehrte und wo gar nichts Anderes übrig blieb, als die genannten äussern Mittel, von denen aber zum Glück meist baldige gute Wirkung erfolgte.

122.

Ist nun die Blutung gestillt, so gebietet es die Vorsicht dass nicht gleich die Mittel gegeben werden, welche das Geschwür zur Heilung bringen sollen, weil diese leicht wieder eine neue Blutung provociren könnten. Man warte mindestens drei Tage nach der letzten Blutentleerung, bis man zu diesen Mitteln greift. Was die catarrhalische Schwellung der Schleimhaut, die Hypersecretion und die Hyperämie heilen kann, hat auch bei den in eine solche catarrhalische Schwellung hinein gebetteten Geschwüren eine wohlthätige Wirkung. Und in der That sind die Mittel, welche oben 108—110 ausführlicher besprochen wurden, nemlich das *Argent. nitric.* und das *Zinc. sulphur.* auch die gebräuchlichsten und wirksamsten Mittel zur Heilung der Geschwüre.

Zur Therapie des Magenkrebses.

123.

Beim Magenkrebs begnüge man sich, die Symptome, welche der regelmässig mit dem Krebs verbundene chronische Catarrh des Magens von Zeit zu Zeit entfaltet, auf die angegebene Weise (111 bis 120) zu behandeln; vor Allem aber sichere man die Diagnose, damit nicht überflüssige therapeutische Experimente die Beschwerden des unheilbaren Leidens vermehren. Dann gebe man dem Kranken geeignete Vorschriften über seine Ernährungsweise gemäss der sub 75 u. f. aufgestellten Grundsätze. Wenn der Magen aber gar Nichts mehr erträgt, wenn immer wieder Alles erbrochen wird, dann verordne man nährende Clystire von Milch, Milchkaffee, Fleischbrühe, Lösungen von Fleischextract u. d. gl. — Endlich suche man durch subcutane Injectionen von *Morphium* die Beschwerden so viel als möglich zu lindern, bis der einzige Ausgang dieser traurigen Krankheit, der Tod, allen ein Ende macht.

Behandlung der reinen Cardialgie.

124.

Es ist manchmal nicht gleich ein Arzneimittel bei der Hand und die Schmerzen sind so unerträglich, dass man zum raschen Handeln getrieben wird. Man greife desshalb nach Hausmitteln: Eine Tasse warme Milch, oder Thee ist sehr wohlthätig, die Schmerzen lassen gleich darauf etwas nach, auch kommt es bälder zu dem Erbrechen, mit welchem der Anfall zu schliessen pflegt. Da diese Kranken sich während des Anfalls vor Schmerzen im Bette herum wälzen, so kann man mit trockenen aromatischen Kräutern nicht beständig überwärmen; sonst leisten allerdings warme Kräutersäckchen, auf die Magengrube gelegt, erhebliche Dienste. Ist der Kranke gar zu unruhig, so lässt sich am Ende noch leichter von Zeit zu Zeit warmer Wein oder Branntwein in die Magengegend einreiben. Die warmen Umschläge wirken so wohlthätig, dass deren Gebrauch ganz volksthümlich geworden ist. Andererseits habe ich doch auch öfters nach dem Aufträufeln von Aether auf die Magengrube eine rasche Abnahme des Magenkrampfes beobachtet. Es wurde hiezu der Apparat zur localen Anästhesie verwendet.

125.

Das wichtigste Mittel aber, bei allen Sorten von cardialgischen Anfällen, ist das *Morphium* und zwar subcutan applicirt.

Es dürfte wohl am Platze sein, auf diese schon mehrfach citirte Methode hier etwas näher einzugehen, da dieselbe noch nicht so allgemein im Gebrauche ist, wie sie es verdient.

Ich benütze folgende Lösung:

R.

Morphii hydrochlorat. Grm. 0,4.

Aq. destillat. Grm. 4,0.

Es ist diese Lösung doppelt so stark als Andere sie in der Regel verwenden. Da ich bei der schwächern Lösung eine grössere Menge Flüssigkeit injiciren musste, was keinen unbedeutenden Schmerz verursacht, so kam ich auf die stärkere Lösung, von der die Hälfte schon hinreicht. Wenn man das Gläschen nur kurze Zeit in lauwarmes Wasser hält, so löst sich das *Morphium hydrochlorat.* vollkommen. Auch das Spritzchen soll etwas erwärmt sein, damit die Lösung darin klar bleibe.

Meine Injectionsspritze hält genau Grm. 1 Flüssigkeit. Dieses Quantum obiger Lösung enthält Grm. 0,1 *Morphium.* Auf dem Stempel des Spritzchens sind 40 Grade eingeschnitten. Fürs erste Mal habe ich den Stempel um vier Grade vorgetrieben, also Grm. 0,01 injicirt. Mit dieser kleinen Dosis habe ich immer begonnen und sehr oft schnelle Wirkung gesehen. Andernfalls habe ich nach einer halben Stunde die Injection wiederholt und zwar nöthigenfalls 2, 3 und selbst 4 Mal. — Die Operation ist äusserst einfach: Nachdem die Haut der Magengrube mit 2 Fingern in eine Falte aufgehoben, wird die Spitze des Spritzchens unter die Haut ein- aber nicht durchgestochen. Durch einen leichten Druck wird alsdann der Stempel des Spritzchens bis auf den gewünschten Grad vorgetrieben, wo dann die Flüssigkeit unter die Haut gelangt. Wenn man die eingestochene Spitze zurückzieht, so legt man über die Stichwunde einen Finger und lässt unter demselben den Stift langsam ausgleiten. Ist diess geschehen, so wird die kleine Wunde mit dem nemlichen Finger noch eine Weile zugehalten, damit Nichts von der eingespritzten Flüssigkeit ausfliessen kann. Nachher wird mit einem Pinsel etwas Collodium aufgestrichen. Die Haut wölbt sich etwas empor, wird blass und kalt, während die Umgebung der Stelle nicht selten sich röthet. In kurzer Zeit verschwindet diess Alles wieder.

Ausführlicheres über die subcutane Injection ist zu finden: „Hannover'sche Zeitschrift f. pr. Heilkunde. 3. Heft. 1864. Pag. 253". Namentlich aber: „*Eulenberg.* Die hypodermat. Injection. Berlin, 1865". (Gekrönte Preisschrift) — *Nussbaum* in Pitha's Chirurgie. I. Band. II. Abtheilung.

Da es mitunter Kranke gibt, welche sogar diese kleine fast schmerzlose Operation scheuen, so bleibt oft nichts Anderes übrig, als die innerliche Darreichung der Arzneien; wobei aber, namentlich in Magenkrankheiten viel weniger herausschaut. Die meisten Arzneien werden gleich wieder erbrochen. Wenn diess auch nicht geschieht, so erfolgt doch wegen der Erkrankung der Magenschleimhaut die Resorption des Mittels nur unvollständig und jedenfalls sehr langsam, während sie bei der subcutanen Injection rasch und vollständig geschieht, so dass man in Bälde und von viel kleineren Dosen eine Wirkung bekommt.

Ich kann nicht umhin, hier die Bemerkung niederzulegen, dass ich bei der grossen Anzahl von Injectionen, welche ich schon gemacht habe, jene gefährlichen Zwischenfälle nicht ein einziges Mal gesehen, welche *Nussbaum* im bairischen ärztlichen Intelligenzblatt vom 3. September 1865 beschrieb.

126.

Wenn man die endermatische Methode aus irgend einem Grunde nicht ausführen kann und also zur innerlichen Darreichung der Arzneien genöthigt ist, dann mag folgende Ordination in Gebrauch kommen:

R.

Tinctur opii croc. Grm. 2,0.
— aromat. acid. Grm. 10,0.
Syr. Cinnamom. Grm. 50,0.
M. D. S. Alle ¼ Stund 1 Kaffeelöffel v. z. n.

127.

Allgemein gebräuchlich ist auch das *Bismuth. subnitric.* und zwar meist in Verbindung mit dem *Morphium*, so dass man also nie sagen kann, was eigentlich gewirkt hat.

R.

Bismuth. subnitric. Grm 0,1.
Morphii acet. Grm. 0,01.
Magnes. carbon. Grm. 0,5.
M. f. pulvis. D. t. Doses 10. S. Täglich 3 Pulver z. n.

Dem *Bismuth. subnitric.* ist neuerdings alle Wirksamkeit abgesprochen und allein dem schwankenden Arsenikgehalt des Mittels zugeschrieben worden. (*Millet*).

Ich habe diese Ordinationsnorm desshalb hier aufgeführt, weil sie ungemein häufig in die Apotheken wandert. Schon der Umstand, dass bei diesen Anfällen meist schnelles Handeln nöthig ist, zeigt uns, dass man nicht immer mit solchen Vorschriften, auch wenn der allgemeine Gebrauch für sie spricht, sich begnügen darf. Es wäre eine beklagenswerthe Sache, wenn ein Kranker so lange auf Erlösung von seinen Schmerzen warten müsste, bis er obige Pulver vorschriftsmässig verschluckt hat.

128.

Das salpetersaure Silber wurde vielseitig für jene cardialgischen Anfälle verordnet, von welchen man weiss oder auch nur vermuthen kann, dass sie mit einem perforirenden Magengeschwür in Verbindung stehen. Für das Geschwür ist der Höllenstein allerdings ein sehr geeignetes Mittel; wenn aber gerade Magenkrämpfe vorhanden sind, dann kann davon kein Gebrauch gemacht werden, er würde die Schmerzen eher vermehren als beseitigen. Für die Magenkrämpfe, welche von einem Geschwür herrühren, ist nur ein Opiat für sich allein angezeigt.

129.

Bei cardialgischen Anfällen hysterischer Weiber verbindet man das Opiat immer mit gewissen anderen Mitteln, welche auch für sich allein gegen die widerlichen hysterischen Anfälle im Gebrauche sind, nemlich: *Asa foetida, Castoreum,* die Baldrianpräparate etc.

R.

Tinctur Valerian.
— Castor. canad. spir.
Liquor. Ammoniac. succin. aa Grm. 5,0.
Tinct. opii simpl. Grm. 1,5.
M. D. S. Bei einem Anfall 20 Tropfen in einer Tasse
warmen Chamillenthee z. n. —

Nach dem Anfalle muss aber das *Speculum* zur Hand genommen und die Geschwüre, welche man gewöhnlich am Muttermunde entdeckt, durch Betupfen mit Höllenstein geheilt werden.

130.

Es versteht sich von selbst, dass bei einer Cardialgie, welche von der Bleichsucht herrührt, das Hauptaugenmerk auf diese gerichtet werden muss. Trotzdem ist es aber nicht geeignet, mit den Mitteln gegen die Magenkrämpfe gleich das Eisen zu verbinden, weil leicht Alles wieder erbrochen wird. Erst nachdem der cardialgische Anfall längst vorüber ist und wenn die Magengegend auch beim Druck nicht mehr schmerzt, kann man das Eisen verordnen. Vor Allem strebe man nach Sicherheit in der Diagnose, denn es ist schon vorgekommen, dass eine mit Magenaffectionen verbundene vermeintliche Bleichsucht nach Monaten die Patientin in Verlegenheit und den Arzt um den Ruf eines scharfsinnigen Diagnostikers gebracht hat. —

Es wäre zu wünschen, dass endlich einmal die einfachste Ordinationsnorm und das einfachste Eisenpräparat, welches überdiess an Wirksamkeit alle andern übertrifft und vom **Magen** am besten ertragen wird, allgemein und ausschliesslich in Gebrauch käme:

R.

Fe. Hydrogen. reduct. Grm. 0,2.

Sacchar. Grm. 0,5.

M. f. pulv. D. t. Doses 30. S. Täglich 3 Pulver z. n.

131.

Cardialgische Anfälle bei Schwangern werden in der Regel am schnellsten und sichersten durch Blutegel beseitigt, welche man zu 6—12 Stück in die Magengrube setzt. — Es kann aber Fälle geben, wo die Krankheit allen Mitteln widersteht und die Anfälle des Magenkrampfes so oft und so heftig wiederkehren, dass man sogar zur Einleitung der künstlichen Frühgeburt, oder gar des Abortus schreiten muss. In Deutschland ist es namentlich *Kiwisch* gewesen, welcher diess empfohlen und gethan hat. In England und Amerika betrachtet man es schon längst als eine abgemachte Sache und entschliesst sich ohne vieles Zögern zur Operation.

132.

Auch bei den cardialgischen Anfällen der Gichtkranken wäre es nicht am Platze, gleich mit den Mitteln gegen den Magenkrampf die *Antarthritica* zu verordnen. Diese dürfen erst dann ordinirt werden, wenn schon eine geraume Zeit nach dem Anfall Nichts mehr von Magenschmerzen verspürt wurde, weil viele davon einen so mächtigen Reiz auf den Magen üben, dass dadurch cardialgische Anfälle gesteigert werden.

133.

Oft fand ich bei meinen Magenkranken den Satz bestätigt, dass diejenigen Schmerzen, welche ihren Sitz an der *Cardia* haben, den Alkalien weichen, jene am Pylorus dagegen den Säuren. (*Wells British med. Journal. Dez. 24th. 1859*). Das bei Uebersäurung des Magens meist vorkommende Aufstossen nach oben, wodurch die Cardia vorzugsweise belästigt wird, erheischt eben die säurebindenden Alkalien. Für die andere Erscheinung lässt sich keine so plausible Erklärung geben. Da am Pylorus meistens die Structurveränderungen ihren Sitz haben und Schmerzen dortselbst entstehen, wenn die Magensäure unter der normalen Menge und Stärke steht, oder gar wenn der Mageninhalt alkalisch reagirt, so müssen wir annehmen, dass die Geschwürsflächen nur die normale Reaction des Magens ertragen. Auch ist bei der Uebersäurung des Magens gewöhnlich Würgen zugegen, welches die Cardia belästigt, den Pylorus dagegen in Ruhe lässt.

134.

Kommt auf irgend eine Art eine Erweiterung des Magens zu Stande, sind die Magenwände wie gelähmt, dann kann man einen Versuch machen mit folgenden Ordinationen:

R.

Extract. semin. Strychni spirit. Grm. 1,0.
Extract. Glycyrrh.
Pulv. Glycyrrh. aa Grm. 5,0.
Ut. f. pilulae Nr. 60. Consp. Irid. flor.
S. Morgens, Mittags und Abends je 2—6 Stück z. n.

Oder man setze noch *Tannin* dazu:

R.

Extract. semin. Strychni spirit. Grm. 0,01.
Acid. tannic. Grm. 0,06.
Elaeosacchar. Menth. Grm. 0,5.
M. f. pulv. D. t. Dos. 10. S. Alle 2 Stunden 1 Pulv. z. n.

Wegen ihres Gehaltes an Tannin dürfen diese Pulver nie repetirt werden. (Siehe sub 77).

In neuerer Zeit zieht man übrigens häufig diesen Ordinationen die subcutane Application von *Strychnin* vor.

Kussmaul hat in der letzten Naturforscher-Versammlung zu Frankfurt die erfolgreiche Behandlung der Magenerweiterung — mag diese mit oder ohne Degeneration bestehen — durch Entleerung des Magens vermittelst der *Weinmann*'schen Saugpumpe und Ausspülen mit *Vichy*-Wasser mitgetheilt.

Köhler hat dort die Jodtinctur empfohlen: täglich 2 Mal 2 Tropfen.

135.

Zum Schlusse dieser therapeutischen Notizen drängt es mich, nochmals darauf aufmerksam zu machen, dass man mit der innerlichen Darreichung von Arzneimitteln so sparsam als möglich sein solle; dass man im Hinblick auf den kranken Magen vor Allem an äussere Mittel zu denken habe. Aus dem gleichen Grunde sind hier ausser den subcutanen Injectionen auch die Badecuren von so hoher Bedeutung.

Man hat wohl zu beachten, dass nur der chronische Catarrh und die Cardialgieen für die Bäder passen. Beim perforirenden Geschwür kann schon die Aufregung durch eine Badreise Veranlassung zu einer Blutung geben, wie es mir selber einmal vorgekommen ist. — Es kommt vor, dass Kranke, welche am Magenkrebs leiden, in Bäder geschickt werden. Ich mag nicht sagen, was ich über eine solche Behandlung denke. Sobald also die

Diagnose der beiden genannten Leiden einmal festgestellt, ist kein solches Experiment im Bade mehr zu verantworten.

Die Wahl des Bades ist von grosser Wichtigkeit; sie hängt fast mehr von den Complicationen als von der Hauptkrankheit ab.

Der reine chronische Catarrh des Magens und derjenige, welcher mit einer Leberkrankheit in Verbindung steht, eignet sich vorzugsweise für Karlsbad.

Der chronische Catarrh und die Cardialgieen, welche mit *Chlorosis* oder mit Hysterie zusammenhängen, gehören in die Eisenbäder.

Der mit Hämorrhoiden complicirte chronische Catarrh des Magens eignet sich für die kalten Schwefelbäder.

136.

Es ist eine Thatsache, welche jeder beschäftigte Arzt alljährlich beobachten kann, dass Kranke, die am chronischen Catarrh des Magens leiden, regelmässig im Sommer, in der wärmsten Zeit, übler daran sind als im Winter. Auch wurde bereits erwähnt, dass im Sommer die acuten Magencatarrhe häufiger auftreten als im Winter. Es kommt diess oft in einer Weise vor, dass man sie als eine Art von Epidemie ansehen könnte. Wenn man sich alldiess vergegenwärtigt, so ist schwer zu begreifen, wie man dazu kommen konnte, diejenigen Kranken, welche an einem einfachen chronischen Catarrh des Magens leiden, zur Heilung in ein milderes Clima zu schicken. Der Catarrh der Athmungsorgane eignet sich in ein milderes Clima, dieser ist von der Temperatur der Luft abhängig, jener dagegen von der Temperatur der Speisen und Getränke. Da es aber häufig vorkommt, dass Lungenkranke auch an Magencatarrhen leiden, und da die Lungenkrankheit ungleich wichtiger und gefährlicher ist, so muss man oft bei der Wahl des Curorts allein auf diese Rücksicht nehmen.

Wie die Kranken, welche am chronischen Magencatarrh leiden, von der warmen Jahreszeit keinen Nutzen ziehen, so verhält es sich gerade auch mit warmen Vollbädern.

Ich habe in einer sehr grossen Anzahl von Fällen Gelegenheit gehabt, zu beobachten, dass solche Kranke aus warmen Bädern ganz matt und abgeschlagen herauskommen, dass sich bald nachher ein eingenommener Kopf und häufiges Ausspucken einstellt, was mit der ebenfalls sich bemerkbar machenden Zunahme des Magendrückens nur zu deutlich eine Verschlimmerung des Leidens beurkundet.

Auf der andern Seite sah ich regelmässig nach kalten Sturzbädern die beste Wendung eintreten. Ich liess auf die Magengegend eine Strahl-*Douche*, auf den ganzen übrigen Körper eine Regen-*Douche* fallen. Sichtlich gestärkt und neubelebt kamen die Kranken aus einem jeden solchen Bade. Regelmässig stellte sich über den ganze Körper ein behagliches Wärmegefühl ein, die Kranken bekamen besser Appetit und die Verdauung ging schneller und mit weit wenige Beschwerden vor sich. Ich habe Fälle beobachtet, wo die allgemein Abgeschlagenheit, der eingenommene Kopf, die Brechneigung, da Magendrücken, kurz alle die bekannten lästigen Zeichen des chroni schen Magencatarrh's nach dem Gebrauche von einem Dutzend solche. Sturzbäder vollständig verschwunden sind. Wegen dieses so günsti- gen Erfolges habe ich bereits seit mehreren Jahren, wo immer es anging, solchen Kranken die Anschaffung eines Haus-Douche- Apparats empfohlen.

Sehr preiswürdig und zweckmässig eingerichtet sind die Apparate von *Fischer u. Comp.* in Heidelberg.

Nur solche Magenkranke, welche öfters cardialgische Anfälle bekommen und solche, welche nebstbei an Gicht leiden, vertra- gen diese *Douchen* nicht.

In denjenigen Badeorten, welche kalte Quellen haben und wo die s. g. Trinkcuren eine wichtige Rolle spielen, kann man sehen, wie Curgäste oft solche Mengen Wassers Morgens nüchtern trinken, dass wenn noch kein Magencatarrh vorhanden ist, einer kommen muss.

Die Magenkranken sind auf diesen Punct aufmerksam zu machen und anzuweisen, dass sie immer nur kleine Mengen Wasser auf ein Mal trinken, (etwa ein halbes Trinkglas voll *pro dosi* alle halb Stund) und im Ganzen kaum 4 Trinkglas voll. Dabei müssen sie fleissig spazieren gehen. Im Verlaufe des Tages sollen sie, so oft sich Sodbrennen einstellen will, etwa ein halbes Trinkglas voll Curwasser trinken. Auf jeden Schluck Wasser ver- schwindet dieses lästige Gefühl augenblicklich.

137.

Zur Heilung des chronischen Magencatarrh's wurde schon von mehreren älteren Autoren empfohlen, eine Seereise zu machen. Die Seekrankheit sei geeignet, eine solche Umstimmung des Magens herbeizuführen, dass — nachdem sie überstanden — alsbald der Heilungsprocess auf der kranken Schleimhaut einge- leitet und Appetit und Verdauung verbessert werde.

Die Sache ist noch nicht näher aufgeklärt. *Dr. Chapman* hat in der *Med. Times. Septbr. 3th. 10. 1863* eine Abhandlung über die Seekrankheit veröffentlicht und als das Wesen derselben eine Hyperämie des Rückenmarks und zwar vorzugsweise jener Theile desselben bezeichnet, welche Nerven zum Magen und zu den beim Erbrechen betheiligten Muskeln senden. Demnach wäre es also eine «Umstimmung des Nerveneinflusses», welche hier den Magen wieder in Ordnung bringt.

Es sind mir selbst einige Fälle bekannt, bei welchen es allerdings keinem Zweifel unterliegt, dass es die Seereise war, welche dem jahrelangen Leiden ein Ende gemacht hat. — Ein Kaufmann, in den besten Jahren, hatte wegen seines Magenleidens (chronischer Catarrh) schon alle möglichen Curen durchgemacht, ohne bleibenden Erfolg. Da musste er geschäftshalber eine Seereise machen. Er wurde von der Seekrankheit so arg mitgenommen, wie kein Zweiter auf dem Schiffe. Gleich nach überstandener Reise beobachtete er, dass die Beschwerden, welche ihm vordem das Magenleiden verursachte, abnahmen, und verspürte endlich (etwa nach einem Monat) rein gar Nichts mehr davon. Es sind seitdem vier Jahre verstrichen; ich sah denselben seit der Zeit öfters, noch immer erfreut er sich der vollkommensten Gesundheit.